Pierre Léoutre - Laurent Rachou

La 11ᵉ porte

(première partie)

Toute reproduction, même partielle, de cet ouvrage est formellement interdite sans l'accord des auteurs. Tous droits réservés pour tous pays.
Dépôt légal : octobre 2009
ISBN : 9782810615759
© Pierre Léoutre - Laurent Rachou

Avec nos remerciements aux amis Cécile Mellan et Jean-Christophe Lagaeysse pour leur relecture

Un soir d'hiver à Lectoure, Pierre Léoutre et Laurent Rachou ont eu envie d'écrire ensemble un livre sur leur ville. Un plaisir littéraire fondé sur une rencontre et le principe d'un chapitre rédigé à tour de rôle.

L'histoire de *la 11ᵉ porte* était née, dont voici le premier épisode.

Laurent Rachou
Ce sympathique intellectuel et artiste gascon, lectourois d'adoption depuis 15 ans.

Comédien, metteur en scène, conteur, chanteur, animateur, conférencier ou encore dramaturge, poète et auteur, fondateur du « SOC » et créateur de la « Cie Pionniers », il a offert plus d'une centaine d'œuvres vivantes ou écrites, à toute la population de Lectoure.

De la crèche à la maison de retraite, des écoles à la bibliothèque, vous le croiserez encore en action dans Lectoure ou ailleurs, sur un marché, dans un restaurant ou tout simplement chez vous, pour une veillée surprise. Il est le premier à avoir enregistré l'ensemble des contes de Jean-François Bladé, l'un des plus illustres lectourois (*« Io Savi Un Conte »* - 7 CD), et a réalisé un original « Dictionnaire des rues de Lectoure (*intra-muros*) ». Sa visite guidée de la ville enregistrée attend toujours l'intérêt de la municipalité.

Pierre Léoutre

Cet écrivain gersois a choisi de vivre à Lectoure pour plusieurs bonnes raisons, dont l'amour, l'histoire et la littérature. Il a écrit plusieurs articles d'histoire locale dans le Bulletin de la Société Archéologique, Historique, Littéraire et Scientifique du Gers, ainsi que les ouvrages suivants : « Lavoirs, puits, sources, fontaines, les monuments hydriques en Gascogne gersoise » (avec Maryse Turbé ; histoire), « Le centième Titre » (nouvelle), « Amoureux d'elles » (roman), « Notes de passage, notes de partage » (avec Gil Pressnitzer ; histoire), « Chants du peuple juif » (récit, histoire), « L'Angoisse du Sniper, tireur invisible » (roman), « Les Gardiennes de l'Humanité » (roman), « Lectoure, eluctari » (roman), « Couleurs : Intérieur – Extérieur » (avec Monique Lise Cohen ; livre d'art), « Draconis » (avec Christian Baciotti ; roman policier), « Histoire et Mémoire de la seconde guerre mondiale à Lectoure (Gers) » (histoire), « Jean Lannes – Lectoure 2009 » (avec Bernard Comte ; bande dessinée), « Antimaçonnisme, Francs-maçons et Résistance dans le Midi toulousain » (avec Patrice Castel, Pierre Coll et Lucien Sabah ; histoire), « Histoire du village de Brugnens (Gers) » (avec Michel Mingous ; histoire).

I

Sous la lune exactement

"Jetez donc de l'élixir un poids sur cent parties de mercure lavé et ce sera lune pure meilleure que de minière et aussi si vous faites projection. Un poids sur cent de corps imparfait il les transforme en vraie lune"
Nicolas Flamel, livre des Laveures

Paul avait mis son réveil suffisamment tôt pour ne pas prendre le risque d'arriver en retard à son rendez-vous. Il grimpa rapidement l'escalier qui menait à la sortie de la station de métro du Mirail et revit avec plaisir les bâtiments modernes de l'Université toulousaine Antonio Machado. Malgré l'heure matinale, les coursives étaient déjà remplies d'étudiants aux tenues bariolées. Paul était attendu par son Professeur dans les locaux de l'UFR d'Histoire, tout à fait à l'opposé de la station de métro. Il traversa la Faculté le sourire aux lèvres, non seulement parce qu'il était content de retrouver cette ambiance estudiantine après trois mois de longues vacances universitaires, mais aussi parce qu'il attendait avec impatience ce rendez-vous professoral qui allait lui permettre de valider son sujet de thèse. Il avait déjà communiqué par mail à ce sujet avec son enseignant, mais ce dernier n'avait pas complètement arrêté son choix et voulait absolument le voir pour lui en parler.

L'étudiant grimpa quatre à quatre les marches de l'escalier qui menait au couloir des salles des Professeurs et s'arrêta devant la porte du bureau N° 111, au premier étage. Il reprit son souffle puis frappa à trois reprises ; la réponse fusa immédiatement :
- Entrez !

Paul avait reconnu la voix de son Professeur ; il tourna la poignée et pénétra dans la petite salle encombrée de livres et de dossiers.
- Bienvenue, lui dit l'enseignant. Asseyez-vous.
- Merci de me recevoir, lui dit l'étudiant.
- C'est mon rôle ! Bien, si ma mémoire est bonne, nous devons choisir ensemble ce matin votre sujet de thèse.
- Tout à fait, répondit Paul.
- Avez-vous un thème de prédilection ?
- Pas vraiment. En outre, vous m'aviez dit au téléphone que vous aviez un bon sujet à me proposer.
- C'est vrai. J'ai beaucoup apprécié la rigueur et le travail dont vous avez fait preuve dans vos mémoires de Master, sur un thème particulièrement difficile.

- Je vous remercie.

- Non, mes compliments sont mérités. La problématique de la féodalité du haut moyen âge gascon et languedocien est très complexe et les sources documentaires, naturellement, extrêmement lacunaires. Vous en avez d'autant plus de mérite. Cependant, vous parvenez maintenant à un autre niveau dans vos études, la thèse constitue un véritable cap dans votre cursus universitaire. Par conséquent, j'ai beaucoup réfléchi et je vous suggère le thème suivant : « La cathédrale de Lectoure (Gers) et la 11e porte ».

- Pardon ?

- Des objections ?

- Non, mais… Je n'ai reçu aucune éducation religieuse, par conséquent étudier l'histoire d'une cathédrale, surtout au niveau d'une thèse, me paraît difficile. Quant à la 11e porte, je ne vois absolument pas à quoi vous faites allusion.

- Vous avez réussi brillamment votre Master sur le haut moyen âge, non ?

- Certes, mais c'était la féodalité foncière et notariale, je…

- On ne peut parler du moyen âge sans passer par le religieux, allons ! Votre chapitre sur l'étude d'un jardin de curé au XIIe est une réussite ! Rassurez-vous, je ne vous demande pas une étude religieuse sur une église. C'est tout à fait autre chose.

- Vous voulez parler de la 11ᵉ porte ?... Je ne vois absolument pas à quoi vous...
- La 11ᵉ porte ? C'est à vous justement de trouver où elle est et ce qu'elle représente. D'un point de vue historique, je vous rassure. Et la 11ᵉ porte, c'est à vous justement de trouver où elle est et ce qu'elle représente. D'un point de vue historique, je vous rassure.
- Vous pouvez m'en dire davantage ?
- Non, en tout cas pas pour le moment. Mais je vous aiderai, naturellement, tout au long de vos recherches. Voici simplement votre feuille d'inscription avec la mention du sujet que je vous propose. Elle est signée et tamponnée par moi, à votre tour de la parapher, si, bien entendu, vous acceptez ma proposition.

Le Professeur tendit à son élève le papier annoncé, qui comportait trois feuillets identiques ; Paul y jeta un coup d'œil tout en réfléchissant rapidement à ce qu'il venait d'entendre. Sincèrement, le sujet ne l'inspirait guère et il se demandait comment il allait pouvoir réaliser une étude monumentale sur la jolie cathédrale de Lectoure ; certes, il connaissait cette charmante cité gersoise puisqu'il était originaire de ce département, raison essentielle pour laquelle il effectuait ses études à Toulouse. Mais il ne s'était pas particulièrement intéressé à l'architecture religieuse du sud-ouest, d'autant plus qu'il était parfaitement athée et qu'il ne fréquentait jamais les églises. En outre, le concept complémentaire de « 11e porte » lui paraissait encore plus abscons.

- Cela doit être un truc alchimiste, pensa-t-il avant de se décider à signer les trois exemplaires du document universitaire qui l'engageait sur son sujet de thèse.

De toute façon, il lui était assez difficile de refuser la proposition de son Professeur, qui s'était toujours montré bienveillant à son égard et bénéficiait par ailleurs d'une excellente réputation intellectuelle.

Paul tendit deux des feuilles signées à son enseignant ; celui-ci le remercia chaleureusement d'avoir suivi ses conseils, mais semblait déjà plongé dans d'autres réflexions, comme si finalement était anodine la décision qu'avait prise son étudiant d'accepter ce sujet de thèse ardu. Il mit le troisième exemplaire dans sa poche puis comprit que l'entretien était déjà terminé ; il salua poliment son professeur et sortit de son bureau ; à peine eut-il refermé la porte qu'il ressortit la feuille qu'il venait de signer et la relut attentivement.

- « La cathédrale de Lectoure (Gers) et la 11e porte », murmura-t-il. Mais comment vais-je pouvoir écrire un millier de pages d'histoire sur un sujet pareil ?

Dans le même temps, de l'autre côté de la porte fermée, le Professeur s'était quant à lui installé devant son ordinateur ; il ouvrit son logiciel de messagerie internet et envoya un mail à un correspondant dont les coordonnées étaient noyées dans son carnet d'adresses. Le texte de ce mail comportait une seule phrase très courte, sans la moindre formule de politesse ou de présentation : « le blanc, le noir et le rouge vont à nouveau fusionner ».

Puis, alors que Paul, qui ne savait pas encore que sa vie venait d'être bouleversée, avait remis la feuille dans la poche de son blouson et commencé à se diriger vers l'escalier, le Professeur reprit les deux exemplaires signés par son étudiant, qui étaient restés posés sur son bureau ; il les froissa en boule de papier qu'il plaça dans un cendrier et alluma avec un briquet. Lorsqu'au bout de quelques secondes, la boule ne représenta plus que quelques cendres noirâtres et fumantes, le Professeur, qui semblait toujours perdu dans ses pensées profondes, se mit à sourire. Un sourire vraiment étrange et, pour tout dire, inquiétant.

II

Sur la toile plus précisément

La vie est sœur du hasard.
Stephen King

Paul repoussa la porte de sa chambre avec le pied, ses deux mains étant prises dans ses manches de son blouson, qu'il finit enfin par enlever et jeter sur son lit, avec le bruit clinquant des clefs de la porte dans une des poches. Aussitôt, il se rua sur son ordinateur et le laissant s'allumer, il se servit une tasse de café froid, croqua dans un petit pain au lait oublié la veille, le mâchonna quelques instants, en l'entrecoupant de liquide brun, le regard perdu vers les toits de la gare Matabiau. Comme sortant d'un rêve, il but d'un trait la dernière gorgée, sortit une cigarette et s'assit, déjà hypnotisé par son fond d'écran qui représentait la citadelle cathare de Monségur, dans les brumes hivernales.
Il cliqua sur Google et tapa dans le moteur de recherche : « Cathédrale de Lectoure ». De suite, une série de propositions s'afficha. Il y en avait 2 612. Paul choisit en premier d'aller consulter Wikipédia. Après un résumé de l'histoire de la ville, du paléolithique au célèbre Maréchal d'Empire,

Jean Lannes, il tomba sur un petit résumé historique de la cathédrale elle-même, qui disait :

« *La cathédrale Saint-Gervais-Saint-Protais occupe l'emplacement d'un temple gallo-romain de Cybèle. La nef, à l'origine romane et probablement faite pour une série de coupoles, fut rebâtie en 1325 en ogives, puis en 1540, le chœur en style flamboyant.*

La tour carrée à cinq niveaux, élevée en 1488 par le maître d'œuvre tourangeau Mathieu Reguaneau, possédait un étage supplémentaire octogonal et une flèche qui en faisaient un des plus hauts clochers de France. Elle fut détruite juste avant la Révolution sur l'ordre du dernier évêque, Monseigneur de Cugnac. Elle aurait, selon la légende locale, attiré la foudre jusqu'à la cave de l'évêché, causant ainsi le bris de milliers de bouteilles épiscopales. Des retables du XVIIe, du XVIIIe et du XIXe siècle ; des portraits d'évêques, des ornements sacerdotaux, un lutrin du XVIIe siècle, 36 stalles, une Assomption de marbre blanc d'origine italienne (XVIIIe s.) constituent l'essentiel du riche mobilier de la cathédrale. Elle conserve aussi les reliques de saint Clair d'Aquitaine, évangélisateur et hypothétique premier évêque de Lectoure, après avoir été celui d'Albi. Il subit le martyre avec ses compagnons au pied des remparts. Un musée d'Art sacré dans l'ancienne sacristie. »

Intrigué par un si haut clocher en cette fin de 15e siècle, Paul remonta dans sa lecture historique de la ville et lut ceci :

« Dès que la mort du duc de Berry eût rendu la Guyenne à la France, Louis XI dépêcha le cardinal, évêque d'Albi, Jouffroy, de bloquer le comte d'Armagnac, Jean V, dans Lectoure. La place était forte, et, les Gascons se défendant avec courage, le siège pouvait traîner en longueur. Dans cette circonstance, Ives Duffou se présenta au comte de la part du roi, et lui jura sur l'hostie que, s'il capitulait, il pourrait sortir de la ville avec sa famille et ses hommes, et se retirer où bon lui semblerait.

Le comte d'Armagnac, se fiant à la parole du négociateur, ouvrit les portes, les Français se précipitèrent alors en foule dans la ville, massacrèrent le comte parmi les premiers, égorgèrent habitants et soldats, pillèrent et brûlèrent toute la ville, qui durant six mois fut livrée aux loups. Ils ne laissèrent en vie que la comtesse Jeanne de Foix, mais elle fut dépouillée de ses bijoux et de ses joyaux et fut traînée dans le château de Buzet-sur-Tarn, bien qu'elle fût enceinte de sept mois, pour y être enfermée à côté du cadavre de son mari.

Là, sur l'ordre de Louis XI, elle vit, à la lueur des flammes, entrer le soir dans son cachot le cardinal, évêque d'Albi, qui donna l'ordre aux apothicaires qui l'accompagnaient de contraindre la comtesse à absorber un breuvage pour détruire : « après l'Armagnac mort, celui qui ne vivait pas encore ! » (sic) *Jeanne de Foix avorta d'un enfant mort-né. C'était l'extinction définitive de la Maison d'Armagnac. Cet événement eut lieu en avril 1473. »*

Ainsi, pensa Paul, la ville a été entièrement rasée en 1473. Et ainsi, une deuxième cathédrale a-t-elle été reconstruite sur la première et qui ne fut achevée que 15 ans plus tard, en 1488. Il y aurait donc deux cathédrales, là où je n'en verrai qu'une. Dans quelle cathédrale se trouve cette « 11e Porte » que je dois trouver ?

Alors qu'il était plongé dans ses réflexions, tout en faisant un copié-collé de ces deux informations, il sentit soudain son portable chanter « Chihuahua » sur sa cuisse.

« Coralie ! Merde ! », songea-t-il en lui-même.

Native comme lui du canton d'Eauze et de 3 ans son aînée, sa sœur n'avait jamais quitté le Gers. Elle y était restée, comme on reste près de quelqu'un qu'on aime pour ne pas qu'il souffre trop si on s'éloigne. C'est ainsi qu'elle avait atterri dans un bureau du C.D.T.L.* où elle récoltait des informations qu'elle mettait en ligne sur le site officiel. Parfois, la journée passait sans qu'aucune information ne lui parvienne, alors elle appelait son frère Paul.

Il n'avait pas envie de répondre. Il lui restait encore 2 611 sites à visiter. Pourtant, il eut un sourire qui détendit d'un coup son visage, comme sous l'effet d'une révélation. Vite, il tira son portable et entra en communication :

* Comité Départemental du Tourisme et Loisirs

- Oui, Coralie ? Tu ne pouvais pas mieux tomber, ma grande ! Ça y est, j'ai vu le vieux cet après-midi... Oui, il m'a félicité pour mon Master, bien sûr, cela lui aurait été difficile... J'ai eu les félicitations du jury, alors il n'avait pas le choix... Il s'est vengé en me donnant lui-même mon sujet de thèse... Si, si ! J'en suis sûr ! Il y a eu comme... Comme un drôle d'éclair dans son regard... Non, je ne délire pas... Tu n'étais pas là je crois, non ?... C'est ça, dis que je suis schizo !... Pourquoi il m'en veut ? La jalousie, je pense. J'ai croisé un thésard, l'autre jour dans un café du quai de la Daurade, qui m'a dit que le vieux, au même âge que moi, aurait passé le même sujet de Master et qu'il eut juste la moyenne, alors que moi... Mes chevilles vont bien merci. C'est ma tête que je soigne. Depuis que je suis rentré, je suis déjà dans cette foutue thèse ! Ah, il m'a soigné le vieux !... C'est sur la cathédrale de Lectoure et une mystérieuse 11e porte... Si, c'est à peu près ça... Oh ! Toi ! Avec ta manie de tout savoir exactement... Attends, j'attrape le papier et je te la lis... Exactement... *« La cathédrale de Lectoure (Gers) et la 11e porte »*. Voilà... Comment, « elle est où, la 11e porte ? ». Ben... Dans la cathédrale de Lect... Ah... Ah oui... Tu as raison... Ce n'est pas obligé... Enfin y a un truc dans la cathédrale quand même, sinon ça ne serait pas dans le sujet...

Oui, il précise « Gers »… Pourquoi c'est bizarre ? T'en connais une autre ville qui s'appelle pareil, toi ?… Bon… Si tu veux… Cherche de ton côté… C'est ça, à plus !

Paul raccrocha et posa l'appareil sur la table encombrée de livres et de vaisselle, de couverts et de stylos. Il alluma une nouvelle cigarette, la première s'étant laissée fumer toute seule égoïstement dans le cendrier, et revint à son écran.
Il recula d'une page et cliqua sur un site de Wikipédia ; plus précis encore car entièrement consacré à la cathédrale de Lectoure.
Tout en tirant des bouffées de tabac, qu'il exhalait en souffles fins et serrés sur l'écran, il lut :
« *La cathédrale Saint-Gervais et Saint-Protais est le principal édifice religieux de la commune de Lectoure, dans le département du Gers. Jusqu'à la Révolution, c'était le siège d'un évêché mentionné depuis 506. Elle est classée monument historique.*
L'édifice actuel a succédé à plusieurs autres. L'emplacement, sur la partie la plus élevée du plateau lectourois, était déjà un lieu de culte avant l'arrivée des Romains, et ceux-ci y élevèrent des temples, comme en témoignent les nombreux autels taurobolique découverts lors de la reconstruction du chœur en 1540, tandis que la ville elle-même se construisait dans la plaine. La première église dut être bâtie dans la ville antique, on n'en a conservé aucun vestige. La première église

attestée sur l'emplacement actuel était dédiée à saint Thomas. Après la période gallo-romaine, la ville était revenue sur les hauteurs. Un concile réuni à Toulouse en 1118 décide de reconstruire une cathédrale.

Là encore on ne sait rien de cette construction. Le plan de la nef, encore visible, montre deux larges travées carrées, avec d'énormes piliers quadrangulaires. En comparant ce plan avec ceux de Cahors ou de Souillac, on peut émettre l'hypothèse que la cathédrale de Lectoure était couverte de coupoles, ou du moins que telle était l'intention première des bâtisseurs. À la fin du XIIIe siècle, l'évêque Géraud de Monlezun fait édifier des voûtes sur croisées d'ogives. On ne sait pas si les coupoles avaient été construites, ou si le projet a simplement changé. L'évêque de Monlezun fait également édifier le chœur, et un clocher à l'angle Nord-Ouest.

À la suite des démêlés tragiques de Jean V d'Armagnac avec le roi Louis XI, Lectoure est assiégée. Les troupes royales prennent la ville, et incendient les maisons. La cathédrale, qui dans la partie Est de la ville fait partie des fortifications et abrite ses derniers défenseurs, est particulièrement exposée : la façade, le clocher, la nef sont en grande partie démolis. Pendant des mois, Lectoure est une ville fantôme. Puis Louis XI décide d'aider la reconstruction et la repopulation, en exemptant les habitants d'impôts.

Cette fin du XVe siècle est pour Lectoure une véritable résurrection. Des chantiers s'ouvrent partout, dont le moindre n'est pas celui de la cathédrale qu'il faut reconstruire. En 1487, l'évêque fait appel à un maître *d'œuvre tourangeau, Mathieu Réguaneau. Réguaneau refait la nef, la façade, et son chef-d'œuvre, le clocher-donjon (1488), qui, prolongé d'une flèche, dépasse les 80 mètres de hauteur et en fait l'un des plus hauts édifices de l'époque. La date de 1488 est encore visible dans la première chapelle Nord de la nef, sur le linteau de la porte qui donne accès au clocher »*

Ce texte alla vite rejoindre les deux premiers, puis il se leva, écrasa son mégot, remplit et remit la machine à café en marche, pour revenir naviguer dans les autres sites.
Deux heures s'écoulèrent, quand Paul sursauta. Son portable aboyait « Chihuahua » dans la pièce. Sans décoller son regard de l'écran, ni sa main droite de la souris, il se saisit du combiné et appuyant sur la touche verte, dit :
- Qu'est-ce que t'a trouvé ma grande ?... Que Lectoure, c'est dans le Gers et pas ailleurs ?!! Ha! Ha! Bravo Sherlock Holmes ! Tu as internet toi aussi, non ?... C'est pour ça que tu m'appelles ?... Tu la connais bien ?... Elle y travaille depuis quand, là-bas ?... Elle est mignonne ?... Ça, ma vieille, pour être ton frère, je n'en suis pas moins homme !... Elle ne pourrait pas me loger ?... 8 jours, pas plus... Qu'est-ce que tu dis ?... Quoi « le cousin Charles » ?... Il n'est pas mort ?... Oui, oui, je me rappelle le frère de pépé... Vaguement,

je l'ai jamais vu moi… Comment ?… Mais, tu te moques de moi, Cora ? Il était peut-être le témoin de maman à son mariage, mais moi je n'étais pas encore là, figure-toi !… Et bien, je croyais qu'il était mort ou un truc comme ça… Ah ! Il est vivant… À Lectoure… Une grande maison vide… Tu es sûre ?… Bon… Tu en as déjà parlé à maman… Elle a déjà tout arrangé… Oui, oui, comme d'habitude… Bon… Je vais l'appeler… Tu m'envoies son numéro par SMS… C'est ça… Oui… Bonne nuit… Oh ! ça va, les bisous !!! Je n'embrasse pas les téléphones, petite sœur… Tchao !

Il éteignit et rangea son portable dans sa poche, bailla, s'étira les bras au-dessus de la tête, poussa un long soupir en les faisant retomber, ballants. Puis il alla arrêter la machine à café, remplit sa grande tasse qu'il ne lavait jamais, y jeta les deux derniers sucres en morceaux, tourna l'unique petite cuillère, qui elle aussi ignorait le liquide vaisselle, la fit tinter sur le bord, la suça avec délectation, puis d'une seule rasade, vida la tasse de son contenu.
Il enfila son blouson, en retira les clefs et ferma la porte de sa chambre sur la lumière bleue que projetait encore l'écran resté allumé.

Dans l'escalier de l'immeuble, il tira de la poche de son pantalon une poignée de pièces et deux billets de 5 euros. Il en aurait assez pour le sucre, le pain, les pâtes et du café, surtout.
C'est en passant sous la porte cochère de la cour, qu'il percuta un homme, qui lui pénétrait dans l'immeuble. Sous le choc, seules les clefs de Paul et la mallette de l'homme étaient tombées. Dans sa chute, celle-ci avait répandu les papiers qu'elle contenait. Rapide, il s'affairait déjà à remettre les papiers de l'inconnu dans la mallette, quand celui-ci s'agenouilla précipitamment :
- Non, merci ! C'est gentil à vous, mais ils… Ils sont classés… Il n'y a que moi qui m'y retrouve…
- Je suis vraiment désolé… Je ne voulais pas…
- Ce n'est rien. Reprenez votre chemin.
- Très bien…

Paul lui tendit le dernier papier qu'il avait ramassé, mais avant que celui-ci ne le prenne, le jeune homme eut le temps d'apercevoir le plan d'une architecture en forme de croix et trois lettres disposées dans les pans : L.E.I.

III

Une chanson triste pour un soir de pluie

"Si tu mêles Dieu et ses anges à la vie des humains, alors l'existence deviendra diabolique"
Pantaléon Lhoustic, livre des Prémonitions

Paul se dirigea vers l'épicerie de son quartier pour réaliser ses emplettes, tout en repensant à l'homme qu'il avait heurté dans le hall de son immeuble. Plus précisément, il se demandait quel pouvait être le sens de ce document, qu'il avait eu à peine le temps d'entr'apercevoir. Il se posait cette question non par tempérament indiscret, mais plutôt par curiosité d'historien. C'était moins le plan d'architecture en forme de croix qui l'intriguait que les trois lettres L.E.I. ; il se promit dès son retour de faire quelques recherches. En attendant, il salua la jolie épicière qui prit avec un sourire charmant mais sans le moindre état d'âme les deux billets de cinq euros qu'il lui tendait pour régler ses courses.

- Celle-là, il faut vraiment que je l'invite à dîner un soir, pensa-t-il.

Espoir somme toute assez naturel mais plutôt vain car la gironde épicière préférait aux étudiants désargentés les quinquagénaires esseulés et au portefeuille bien remplis. Les difficultés de l'époque rendaient les romances improbables. Mais Paul n'en avait pas pleinement conscience et ce manque de lucidité le rendait heureux, insouciant et optimiste.

En sortant de l'épicerie, il eut le désagrément de constater qu'une averse s'était brutalement abattue sur Toulouse. Heureusement, il n'habitat pas loin et il rejoignit à grands pas sa demeure sans être pour autant détrempé. Revenu dans son studio, il se fit aussitôt un café frais, boisson qui est à l'étudiant ce que le champagne est à celui qui a réussi à gagner de l'argent dans sa vie, puis attrapa sa guitare et commença à gratter un air de musique ; l'un des rares loisirs qu'il s'octroyait lors de ses études difficiles était la composition de quelques chansons, textes et musique, genre Brassens ou Charlélie Couture, Serge Gainsbourg, Boris Vian, Léo Ferré, Charles Trenet, enfin bref, toutes ces chansons françaises charmantes aux

paroles ciselées comme des diamants. « Une chanson triste pour un soir de pluie » fut le titre qui lui vint à l'esprit car il n'avait pas de nouvelles d'une fille qu'il avait beaucoup aimée. Ironie du sort, cette fille était de Lectoure, ce qu'évidemment son professeur d'université ignorait lorsqu'il lui avait proposé cet étrange sujet sur la cathédrale. Il gratta quelques accords tout en repensant à son histoire d'amour avec la Lectouroise puis se découragea :
- Bon, je ne vais quand même pas faire du Jacques Brel, soupira-t-il en essayant de chasser de son esprit les souvenirs de ses amours à Lectoure.

Pour se changer les idées, il posa sa guitare dans un coin de son studio puis se dirigea vers l'écran de son ordinateur. Paul tapa dans la barre de recherches de Google les trois lettres qu'il avait aperçues sur le document que l'inconnu avait laissé tomber sur le sol de la porte cochère. Puis il scruta les réponses que le robot informatique daigna lui montrer : celles-ci allaient de l'amiante à la cuisine italienne, en passant par l'électronique et la base de données des livres français traduits en chinois ! Paul se gratta machinalement la tête puis essaya d'affiner sa recherche ; mais apparaissaient maintenant des possibilités aussi éclectiques que les Chinois, les Catholiques et les Cathares… Et ce soir-là, Paul n'avait pas envie de se prendre la tête.

- Je ferai mieux de me consacrer à la cathédrale de Lectoure, je perds mon temps avec des devinettes à quatre sous, conclue-t-il.

Par acquis de conscience estudiantine, il lança dans Google une nouvelle recherche avec le mot-clef « 11e porte » ; mais la multiplicité et le non-sens des réponses qui apparurent sur son écran le firent définitivement bâiller.

- Bon, allez, hop, dodo ! Ça suffit pour ce soir. Le virtuel n'est pas la bonne solution pour entamer mes recherches. Demain, je file dans le Gers et je vais voir sur place à Lectoure ce qu'a de particulier cette cathédrale.

Paul savait aussi qu'il serait ému en revoyant les lieux où il avait été amoureux dans sa jeunesse. Par contre, il était loin d'imaginer qu'en entamant concrètement sa recherche universitaire sur la cathédrale lectouroise, il allait très rapidement connaître ce qu'un croyant appelle l'enfer, et un athée rationaliste, une quatrième dimension ésotérique qui défie l'imagination. En un mot comme un cent, Paul allait connaître à Lectoure une aventure véritablement hors du commun. Quelque chose de hors normes, à en perdre son latin, peut-être même la raison ; Paul, tout pragmatique qu'il était, allait en tout cas s'apercevoir très rapidement que les limites de la réalité n'étaient qu'une convention de l'esprit humain, ce qui n'était pas grand-chose à vrai dire.

Pour l'heure, Paul dormait et la lune se mit à rire.

IV

La Bible ne fait pas le moine

« Nous passons notre vie devant une porte sans voir qu'elle est déjà ouverte et que ce qui est derrière est déjà là, devant nos yeux. »
Christian Bobin

C'est le léger grincement du pêne de la porte qui tira Paul de son sommeil. Le studio n'était pas plongé dans une noirceur totale, car le néon du restaurant asiatique d'en face, bariolait légèrement les murs et les objets de la pièce, de leurs criantes couleurs. C'est pour cela que Paul avait parfois l'impression de dormir dans un aquarium.
Le jeune homme avait entrouvert légèrement ses paupières, comme pour ne pas éveiller l'attention, tout en tendant l'oreille. Non, il ne rêvait pas. La porte de son studio, de sa chambre, s'ouvrait doucement, très doucement. Presque imperceptiblement. Il écarta alors un peu plus les paupières et distingua très nettement, le déplacement lumineux et brillant de la poignée

d'aluminium, preuve du mouvement du ventail et de l'ouverture de la porte.

Qui pouvait entrer ici à cette heure ? Qui avait pu ouvrir cette porte, dont seul il possède la clef ?

L'ouverture de la porte se faisait si lentement, dans le lourd silence de la nuit, que Paul eut le temps de se poser ces deux questions, tandis que sa main gauche, qu'il avait placé sous l'oreiller, glissait lentement sur le drap, sans bruit, pour atteindre l'interrupteur de sa lampe de chevet, halogène. Ainsi, il pensait surprendre d'un coup l'intrus, en l'éblouissant d'une soudaine et violente lumière.

Il voulait la peur de l'autre, pour vaincre sa propre peur.

Enfin, quand le battant se trouva à la perpendiculaire de l'encadrement de la porte, Paul aperçut une longue silhouette sombre, qui semblait vêtue d'un seul et même vêtement. L'ombre humaine paraissait glisser sur le sol, plutôt qu'elle ne marchait. Elle fit le tour de la table, avant de se diriger vers le canapé où semblait dormir l'étudiant.

Ça y était ! Paul avait atteint l'interrupteur et à présent il attendait que la « créature » se rapproche de lui pour l'éblouir brusquement.

La silhouette soudain arrêta sa marche et s'immobilisa. Elle était à quatre pas de Paul. Alors, celui-ci se dressa sur le canapé, alluma l'halogène et de sa main droite, dirigea l'intense lumière sur l'inconnu ! L'ombre ramena violemment ses deux mains sur ce qui semblait son visage et poussa un cri épouvantable. Un hurlement de brûlé. Un cri si strident, qu'il déchira en petits morceaux, le silence qui régnait jusqu'alors, ce qui glaça Paul jusqu'au sang.

Jamais il n'aurait cru voir, ce qu'il avait vu. Un moine. Oui, un homme vêtu d'une épaisse soutane de bure brune, ceinturé d'une simple corde, pieds nus et la tête invisible, parce qu'enfouie sous le large capuchon rabattu. Détail insolite, il portait des gants de cuir brun.

En un instant, une affreuse chair de poule parcourut tout son corps à demi nu et pris par sa terreur, instinctivement, comme par réflexe, il éteignit la lampe. De nouveau la petite pièce se replongea dans son silence et ses ténèbres aux teintes orientales.

C'est à ce moment que l'autre retira les deux mains gantées de son visage et que Paul le vit pour la première fois. Ce visage était aussi fascinant par son étrangeté, qu'effrayant à voir. Sa peau était plissée, parcheminée, brute, épaisse et dure comme du cuir. Cette peau était brune, brune comme ses gants.

C'est alors que le « moine » porta la main droite à son visage et lentement commença à écorcher, à peler, à détacher cette mystérieuse peau. Il tira d'abord un lambeau du front, descendit aux arcades sourcilières, puis à l'emplacement des orbites et du nez et enfin, la bouche et le menton. Quand il termina par le cou, il tenait une longue lanière de cuir et son visage était vide, un trou noir et profond dans l'ombre du capuchon.

Paul, recula, terrorisé, ses ongles s'enfonçaient dans la chair des draps, trempés de sa sueur, sueur pleine d'une odeur de peur.

La peur de mourir. De mourir sans savoir pourquoi on meurt. Qui pouvait vouloir sa vie ?

Inexorablement, le « moine » se rapprocha de Paul, sa longue lanière de cuir dans sa main gantée. Violemment, il la jeta sur le visage de sa victime, où elle s'enroula du front jusqu'au cou de Paul, qui se mit à étouffer, incapable de crier. La lanière à présent continuait à l'empaqueter, comme une momie égyptienne.

Alors, quand il comprit qu'il allait perdre connaissance, il rassembla toutes ses forces, tendit tous ses muscles et empoignant la mortelle ceinture de cuir qui l'emprisonnait à jamais, il arc-bouta son corps dans un dernier effort désespéré, tandis qu'au loin, dans les rues se distillait une lancinante plainte.

C'est ce bruit répétitif et incessant, produit par une innocente alarme de voiture, qui fit ouvrir les yeux à Paul. Ruisselant de sueur, ses draps sens dessus dessous et sa taie d'oreiller déchirée, lui firent bien vite comprendre qu'il venait de vivre un affreux cauchemar. Il tourna la tête vers la porte. Rien n'avait bougé.

Il resta là un moment, prostré, réfléchissant au sens de ce mauvais rêve.

La porte ouverte ? C'est sans doute cette fichue « 11ᵉ porte » qui lui est tant hermétique…

Le moine ? C'est peut-être cette énigmatique cathédrale de Lectoure ou ce sont les regrets d'avoir séché tous les cours de religions donnés à l'I.U.T. et qui, aujourd'hui, lui font si cruellement défaut…

Le visage vide ? C'est certainement son écran d'ordinateur, devant lequel il passe ses jours et ses nuits, pour acquérir un savoir qui lui apprendra qu'il ne sait rien…

Le cuir ? Là, Paul eut beau activer toutes ses cellules grises, son imagination ne lui apporta aucune explication.

Il s'assit sur le rebord du canapé, ramena ses cheveux mouillés de transpiration, en arrière et regarda l'heure. Il était 4 H 30.

Près de son réveil, traînait une tasse qui contenait du café froid de la veille. Il l'empoigna et la but d'un trait.

Puis, avec le bout sa langue, il ramena dans sa bouche le dépôt de sucre qui se trouvait au fond. Puis, il passa sa tête sous son aisselle, la flaira et d'un air dégoûté, il se leva et entra dans sa minuscule salle de bain.

Nu, sous le jet tiède, agréable en ce début d'été, Paul voulait se laver de ce cauchemar, le sentir s'enfuir de chacune ses pores, le laisser avaler par la bonde de la douche et disparaître à jamais. Enfin, il sentit que tout son corps se détendait. De taille moyenne mais bien proportionnée, ce fils d'agriculteur, plutôt musclé, avait les épaules carrées de ceux qui ont chargé la paille ou porté la hotte à vendanges. Ses mains fouillaient ses cheveux noirs, coupés court, comme pour en chasser les derniers papillons noirs de son affreuse nuit. Enfin, il ferma l'eau, s'essuya énergiquement, puis il enfila son éternelle tenue : chemise blanche et pantalon noir. Ce qui, à l'université, lui valait le surnom de « Domino ». Paul était un garçon sobre et pratique, aussi cette tenue lui évitait-elle les questions existentielles de la mode, propres aux jeunes gens de son âge et lui permettait surtout d'être accepté dans tous les milieux, sans être particulièrement remarqué, mais sans pour autant passer inaperçu. Dans une réception huppée, comme au comptoir d'un bistrot, il se sentait accepté. Un parmi les autres.

Il alluma une cigarette, ainsi que son ordinateur, puis il prit son sac de voyage, le remplit de vêtements de rechange, choisit quelques ouvrages, qu'il glissa entre les chaussettes et les slips, sa trousse de toilette, puis il en tira définitivement la fermeture éclair. Enfin, il saisit la guitare et l'enferma dans son étui.

Revenu à l'ordinateur, il vit sur le site de la S.N.C.F, qu'il avait un train pour Auch, à 6 H 27, qui arrivait à 7 H 53. Tout tombait bien. Car, comme Coralie embauchait au C.D.T.L. à 8 H 30, il savait qu'il la retrouverait là-bas, qu'elle lui prêterait sa voiture, lui donnerait l'adresse de ce grand oncle qui pourrait un temps l'héberger et qu'ainsi, il pourrait être à Lectoure à 10 H, au plus tard.

L'écran éteint, son blouson enfilé, son sac et sa guitare à la main, Paul ferma la porte de son studio. Moins d'une demi-heure plus tard, dans la gare encore endormie de Toulouse-Matabiau, confortablement installé dans le T.E.R qui le conduisait à Auch, il songea que dans moins de quatre heures, il serait au pied de cette cathédrale qui le défiait et dont il se méfiait. Qu'il serait dans cette ville, où voilà deux ans, parti pour un job d'été y ramasser des melons, il avait connu l'amour et le désir, car c'est dans cette ville, qu'il avait embrassé et dit « je t'aime » pour la première fois. C'était donc à Lectoure, qu'il allait passer deux nuits dans la maison d'un vieillard qui lui était encore inconnu, mais qui avait le même sang que lui.

Machinalement, il regarda le quai opposé qui lui faisait face. Là, debout, sa mallette à la main, il crut reconnaître l'homme qu'il avait bousculé la veille. Mais, la rame de Paul se mit en marche et la silhouette, immobile sur le gris du quai, disparut.

Nous étions vendredi, Paul pensait rentrer, au plus tard, lundi.

Paul pensait mal.

V

Lectoure Oh Lectoure

« Les portes de Lectoure ne s'ouvrent véritablement qu'à ceux qui aiment cette ville. »
Attribué à Jean V d'Armagnac, la veille de son assassinat.

Paul avait toujours aimé la ville d'Auch et il était heureux de s'y retrouver après le voyage ferroviaire qui l'avait amené de la gare de Toulouse jusqu'à la capitale de la Gascogne. Comme promis, Coralie l'attendait sur le quai ; il échangèrent trois bises rapides mais affectueuses, puis la jeune femme lui passa les clefs de sa voiture ainsi qu'un papier plié en quatre « ce qui ouvert, lui donne la forme d'une croix », pensa en souriant Paul ; il avait décidément du mal à se faire à ces références religieuses qui semblaient se multiplier dans sa vie et ses rêves depuis que l'un de ses Professeurs d'université lui avait confié ce sujet curieux sur la cathédrale de Lectoure et la 11e porte.

Autre point émouvant, ce papier qu'il était en train d'ouvrir allait lui donner l'adresse de ce grand oncle hospitalier qu'il n'avait jamais vu de sa vie, sauf peut-être lors de repas de famille lorsqu'il était enfant ; mais il n'en conservait aucun souvenir.

- Ne t'inquiète pas, dit Coralie comme si elle devinait ses pensées. Je lui ai encore téléphoné tôt ce matin et comme il l'avait déjà promis à maman, il est tout à fait d'accord pour t'héberger le temps de tes recherches historiques.
- Parfait, c'est vraiment sympathique de sa part, voilà l'esprit de famille ! Mais je suis venu les mains vides, je ne lui ai rien apporté pour le remercier de son hospitalité.
- C'est ton oncle, ne te prends pas la tête ! Et puis, tu trouveras bien évidemment sur place une bouteille d'Armagnac chez l'un des commerçants de la rue Nationale.
- À mon avis, il doit déjà avoir dans ses placards quelques bonnes bouteilles, tu connais un Gascon qui n'a pas d'Armagnac chez lui ?
- Et tu connais un Gascon, rétorqua la jeune femme, qui n'est pas heureux d'augmenter son stock d'alcool ? Bon sang, mais qu'est-ce tu as ? Je te trouve plus soucieux que d'habitude.

Paul faillit confier à sa sœur le cauchemar qui avait perturbé sa nuit mais il savait qu'elle était pressée de se rendre à son travail ; en outre, il craignait de passer pour un idiot ou un farfelu en lui racontant son combat nocturne contre un moine monstrueux. Il préféra se taire, embrassa à nouveau la jeune auscitaine puis monta dans la voiture et démarra aussitôt pour se rendre à Lectoure.

Paul avait plaisir à rouler sur cette route, qu'il avait déjà empruntée des centaines de fois. Le paysage gersois lui était si familier qu'il aurait presque pu conduire les yeux fermés – ce qu'évidemment il ne faisait pas pour des raisons diverses et facilement compréhensibles –. La sortie d'Auch et son aérodrome, Preignan, Casteljaloux, Montestruc, Fleurance (où il avait beaucoup fait la fête avec ses copains du rugby…) et, enfin, la grande ligne droite et presque plane de neuf kilomètres de long qui menait jusqu'au pied de la colline où Lectoure, fièrement haut perchée, surplombait la campagne gersoise. Et la flèche qui dominait le magnifique ensemble architectural lectourois, d'un blanc éclatant sur le ciel bleu pur de la Gascogne automnale, c'était, tout simplement, la tour de la cathédrale. Celle dont Paul devait percer les secrets. Déjà, plusieurs kilomètres avant d'arriver à Lectoure, on ne voyait qu'elle. Posée au centre et au sommet de la ville. Fière et belle, rassurante comme un repère dans l'horizon et vaguement menaçante par la force des mystères qu'elle recelait en son sein. Car même si Paul avait pu contempler à plusieurs reprises cette arrivée sur Lectoure, il regardait cette fois-ci la citadelle et sa cathédrale

d'un œil nouveau. Arrivé au pied de la colline lectouroise, il décida d'ailleurs de ne pas emprunter immédiatement l'une des deux grandes côtes qui menaient au cœur de la ville, mais plutôt de tourner à gauche, vers la route de Condom, puis de s'arrêter sur le parking du stade municipal ; comme s'il renâclait devant l'obstacle. Il descendit de sa voiture puis jeta un regard plein de sympathie au terrain de rugby et aux poteaux blancs fièrement dressés et droit plantés dans la pelouse verte bien entretenue ; il tourna ensuite la tête vers Lectoure. Il ressentait une impression étrange et complexe : déjà venu ici soit pour jouer au rugby avec son équipe d'Eauze pour des matches rudes mais bon enfant avec l'équipe de l'Union Sportive Lectouroise, soit pour vivre sa première et véritable histoire d'amour avec une jeune fille qui habitait dans cette ville, il retournait ici pour un tout autre chapitre dont il pressentait un caractère particulier et somme toute inquiétant. Sans vraiment comprendre la raison de cette anxiété.
- Stop, pensa Paul. Je me fais du cinéma ! Je ne suis pas croyant, je ne crois ni en Dieu ni au Diable, je n'aime pas les curés et je suis un simple étudiant en histoire chargé d'écrire une Thèse universitaire sur une jolie petite cathédrale au centre de l'une des plus belles villes du Gers. Alors je n'ai aucune raison de m'angoisser ainsi.

Oui, mais Paul n'avait pas oublié son cauchemar délirant avec cette vision religieuse effrayante, d'autant plus incompréhensible qu'il n'était justement pas du tout versé dans les bondieuseries. Contrairement à la ville pyrénéenne de Lourdes, Eauze et Lectoure ne prétendaient pas faire des miracles et ne vendaient pas de cierges.

Et puis, il y avait cette 11e porte. Que représentait-elle dans l'esprit et les connaissances de son Professeur d'Université ? Ce dernier impressionnait un peu l'étudiant, qui l'avait trouvé d'emblée moins chaleureux que l'enseignant qui l'avait guidé dans sa formation universitaire des deux années précédentes. Son Professeur actuel était connu à la Faculté et respecté pour ses publications de très haut niveau, qui faisaient autorité même si certains aspects étaient notoirement hermétiques au commun des étudiants et des lecteurs. Mais de mémoire, d'après ce que Paul avait pu lire à la bibliothèque de l'Université du Mirail, l'œuvre rédactionnelle de son enseignant n'avait aucune connotation religieuse ou ésotérique. En outre, à ce niveau d'études, il fallait totalement exclure les facéties du niveau d'une énigme de chasse au trésor ; en conséquence, le concept de 11e porte représentait impérativement quelque chose d'important et de

suffisamment profond pour justifier la rédaction d'une Thèse de l'Université. Paul scruta du regard la tour de la cathédrale de Lectoure, qui se détachait nettement, presque indécente, dans le ciel du paysage qu'il contemplait :
- Qu'as-tu à me dire ou à me cacher, espèce de satanée église ?! Pesta l'étudiant à haute voix.

Comme s'il voulait se rassurer sur sa capacité à vaincre cette difficulté intellectuelle et se persuader qu'il allait venir à bout de l'épreuve que son Professeur lui infligeait.

La seule réponse qu'il obtint dans l'immédiat fut le bruit léger sous le vent des feuilles de l'immense haie qui bordait le stade ; quelques chants d'oiseaux, aussi, puis une voiture en provenance de Condom, qui s'arrêta au stop du croisement des deux routes ; le conducteur jeta un coup d'œil vaguement curieux à l'étudiant planté devant sa voiture, en train d'admirer avec un air interrogateur le haut de la colline lectouroise ; puis il redémarra tranquillement avant d'engager son véhicule dans la vieille côte qui se tordait dans tous les sens, tel un immense serpent, avant de permettre l'entrée aux portes de la ville.

- Je devrais faire comme lui, pensa Paul. Arrêter de me poser des questions préalables et inutiles. Prendre paisiblement ma voiture et grimper jusqu'au sommet ; me garer là-haut, trouver la maison de mon oncle, installer mes affaires puis commencer mon court séjour d'études par une virée au café. Voilà un bon plan, ou du moins une bonne introduction pour ma Thèse. Et puis aller me balader. Lectoure est une très jolie ville et il n'y a pas que sa cathédrale à admirer ! Et puis, tiens, peut-être même que je pourrais essayer d'aller la revoir, du moins de prendre de ses nouvelles en allant faire un tour chez ses parents…

Paul faisait là allusion, bien entendu, non pas à la dimension sacrée de l'édifice qu'il devait étudier, mais à ses amours de jeunesse.

L'étudiant remonta alors dans sa voiture et commença à grimper jusqu'au sommet de la ville. Le paradoxe de la situation, que Paul ne pouvait pas comprendre, était que, plus il s'élevait vers Lectoure, plus il descendait vers l'abîme. Car la ville blanche ne livrait pas facilement ses noirs secrets ; et celui qui s'y intéressait prenait un risque important, un risque de couleur rouge, comme le sang.

VI

Saint-Louis ou les seins de Louise

« Sein et sein font deux. »
Jacques Prévert

En deux ans, quelque chose avait changé dans ce vieux Lectoure.
Ainsi, au rond-point de Saint-Gény, Paul avait été surpris par la présence lugubre d'un double portail gris, entrouvert sur de fausses cippes renversées, lui donnant des airs de cimetières, ainsi qu'un massif et imposant autel sacrificiel de l'époque gallo-romaine, où se pratiquait le « Taurobole ».
Cette antique pratique païenne Taurobole était un sacrifice expiatoire pendant lequel on égorgeait un taureau en l'honneur de Mithra. On faisait ce sacrifice sur une pierre ou une planche percée de trous, placée elle-même au-dessus d'une fosse dans lequel le fidèle était aspergé du sang de l'animal. Il était ainsi purifié. Les tauroboles se pratiquaient en général assez rarement et donnaient lieu à de grandes cérémonies « de masse » au cours desquelles de nombreux sacrifices étaient pratiqués. À l'issue de la cérémonie, les fidèles faisaient sculpter des autels commémoratifs mentionnant leur nom, le nom du prêtre officiant, la date. Ces autels tauroboliques (improprement

appelés eux-mêmes tauroboles) étaient sculptés avec une représentation de l'animal sacrifié : taureau, bélier, mouton, et parfois des objets rituels. Il est à noter que le taurobole désigne uniquement le sacrifice d'un taureau. S'il s'agit d'un bélier, on parle alors de criobole. Mais le terme de taurobole est devenu générique. Une quarantaine d'autels tauroboliques sont conservés en France, dont justement la moitié se trouve au musée Eugène Camoreyt de Lectoure. Ces pierres furent découvertes et conservées du 16ème siècle à nos jours, ce qui fait de cet étrange musée, le plus ancien de France, voire d'Europe.

Pour l'avoir visité voilà deux ans, Paul savait tout cela et frissonna de cette sinistre entrée de ville, car dans son souvenir Lectoure avait encore le rire et le regard de Louise.

Louise ! Ça y était maintenant ! Il se souvenait de son prénom ! Louise… Louise… « Oui… Mais Louise comment ? » Il ignorait son nom. Ni l'un ni l'autre n'avait échangé d'adresse, ni ne possédait alors de portable. Un flirt de vacances.

Un bal de 14 juillet. Deux regards qui se croisent. Deux corps qui se frôlent. Deux mains qui se prennent. Deux bouches qui s'unissent. Deux prénoms qui s'échangent. Deux âges qui s'avouent. Lui, 20 ans. Elle, 17. Sa main sur sa poitrine. Ah, le sein de Louise. Il lui semblait encore le tenir, chaud et doux, tendre et léger dans sa main maladroite et encore inexpérimentée.

Il s'étaient rencontrés à 11 heures du soir, mais à minuit elle avait disparu, engloutie dans la voiture de ses parents, elle-même avalée par la nuit.

Tout à ses fugaces souvenirs, le jeune homme monta la vieille côte aux platanes fleuris de bouquets mortuaires, presque poussé par trois énormes semi-remorques de la base « Intermarché » toute proche, qui le laissèrent en vrombissant au carrefour du Bastion, où là il tourna à gauche pour enfin entrer dans la ville.

Au passage, il reconnut la fière silhouette blanche de la statue de Jean Lannes, le lectourois le plus illustre et seul Maréchal d'Empire dont le corps repose au Panthéon, encadré par deux lions.

C'est là, en longeant la populaire place du Bastion, qu'il vit soudain la puissante tour-clocher de la cathédrale, immense, claire, rayonnante, énigmatique et offerte à la fois, elle semblait jaillir de la rue grise pour toucher le ciel bleu !

Le nez presque sur son pare-brise, il roula lentement, passa devant le magasin de pompes funèbres, premier commerce de Lectoure et prenant à gauche, il vint se garer, parmi d'autres voitures, sur le parvis de la cathédrale.

Son premier étonnement, quand il descendit et ferma sa portière, fut pour le monument aux morts qui avait disparu, qui depuis bientôt cent ans, trônait en ce lieu ! A présent, deux voitures en stationnement avaient pris sa place.

« Aujourd'hui, deux voitures valent bien cent morts ! », pensa Paul, en soupirant.

Il se retourna et regarda enfin la cathédrale. Comme une bouche géante, béante, l'immense porte cloutée ouvrait sur un énorme ventre de pierre, immobile, endormi et qui semblait attendre quelque croyant ou quelques curieux, qui viendraient se recueillir dans son silence religieux.

« La porte… Serait-elle la 11ème ou n'était-elle que la première ? », songea le jeune thésard. Il allait s'avancer pour la franchir, quand il sentit un papier dans sa poche. Il s'arrêta, le sortit et le déplia. C'était l'adresse du vieil oncle lectourois, donnée par sa sœur. Il sourit en reconnaissant la belle écriture posée et ronde de sa mère. Elle avait écrit :

« Voici l'adresse de l'oncle Pascal, frère de pépé : 23 avenue Saint-Louis. Il a 83 ans, vit seul et dit n'avoir besoin de personne. D'ailleurs il n'a même pas de téléphone, et pour savoir où il habite, il a toujours dit qu'il n'y avait qu'à demander à quelqu'un, car à Lectoure tout le monde le connaît. Embrasse-le de ma part et fais attention à toi. Je t'embrasse. Maman. »

Paul se souvint qu'il n'avait rien à offrir et que Coralie lui avait conseillé d'acheter un bon

Armagnac. Il regarda alors autour de lui et aperçut une boutique de produits régionaux, à l'angle de la rue qui longe l'office de tourisme situé sur le parvis. Laissant la cathédrale derrière lui, il se dirigea vers le magasin et entra. Une souriante jeune fille qui se tenait derrière le comptoir, l'accueillit.
- Bonjour, monsieur !
- Bonjour.
- Je peux vous aider ?
- Heu… Ce serait pour mon oncle… Un armagnac…
- Quel âge ?
- Heu…

Paul tira le papier de sa poche et relut le message de sa mère.
- Heu… 83 ans !

La jeune employée eut un petit rire.
- Et bien, voilà qui est précis, mais ce n'est pas possible, monsieur. Si on trouve des Armagnacs de différents âges, le vieillissement est au minimum de 2 ans pour pouvoir être proposé en bouteille aux consommateurs. Pour d'autres, le vieillissement est de 5 ou 6 ans au moins. Si voulez découvrir une palette aromatique encore plus riche et complexe, il faut alors s'orienter vers des 20 et 25 ans d'âge,

voire même des produits encore plus vieux. On trouve également des armagnacs millésimés , mais il s'agit dans ce cas là d'Armagnac provenant de la seule récolte mentionnée sur l'étiquette. On dit alors qu'ils sont « hors d'âge ». Ce n'est pas le même prix, non plus.
- Excusez-moi, je me suis mal exprimé. C'est mon oncle qui a 83 ans.
- Ha !

Tous deux se mirent à rire franchement, complices.
- Finalement, je vais vous prendre un foie gras, ce sera plus simple !

La jeune fille se dirigea vers une série de présentoirs couverts de boîtes de conserves de toutes formes et étiquettes.

- Lequel voulez-vous ? Le foie gras entier qui peut être consommé cuit, mi-cuit ou cru ; le foie gras tout court, qui est en fait un assemblage de plusieurs morceaux de foie ; le bloc de foie gras qui lui est composé de 98% minimum de morceaux de foie gras assemblés ; vous avez aussi le bloc de foie gras avec morceaux, qui doit lui contenir 50% minimum de morceaux de foie gras entier d'oie et 30% minimum de canard ; enfin la mousse de foie

gras, qui est le résultat d'une émulsion de foie gras et d'eau ou de crème fraîche, contenant au moins 50% de foie gras ; ou encore le pâté de foie gras, contenant au moins 50% de foie gras et le parfait de foie gras, contenant au moins 75% de foie gras. Alors ?
- Heu... Je ne pensais pas que ce serait aussi compliqué de faire plaisir ! Que me conseillez-vous ?
- Si c'est pour une personne âgée, je prendrais la mousse. C'est ce que mon grand-père préfère.
- Alors, si votre grand-père aime ça, mon oncle devra l'aimer aussi. Va pour la mousse !

La jeune fille se saisit d'une boîte et se dirigea vers le comptoir, où elle prit un papier cadeau et commença d'emballer le présent de Paul.
- Vous n'êtes pas d'ici ? Vous êtes en vacances ? Au « Lac des 3 Vallées » peut-être ? A moins que vous soyez un pèlerin de Compostelle ? Vous savez, ils sont près de 8 000 à passer chaque année à Lectoure.
- Non, non. Je suis étudiant en histoire et je prépare une thèse sur...

Il s'interrompit, comme si sa venue à Lectoure devait rester secrète.

- Oh ! Vous êtes étudiant ? Moi aussi. Je fais les Beaux-Arts, à Toulouse. Là, je suis en vacances chez ma tante et je travaille ici, pour me faire des sous.
- Vous allez peut-être pouvoir m'aider… Mon oncle habite… Heu…

Il tira le papier de sa poche.
- Vous avez où se trouve l'avenue Saint-Louis ?
- C'est facile ! Vous prenez la rue qui longe le magasin jusqu'à la fontaine, puis vous tournez à droite, rue Claude Ydron, et l'avenue Saint-Louis, c'est en bas.
- Très bien, merci.

L'employée avait fini sa tâche et tendit le paquet ficelé d'un bolduc bleu. Paul régla, tourna les talons et allait pour sortir, quand elle l'interpella.
- Je connais bien la ville. Si je peux vous aider ?

Paul se retourna, étonné.
- Merci… Mais… Enfin, peut-être… Je ne sais pas…
- Je suis ici tous les jours. Sauf le dimanche, bien sûr !
- Très bien… Si jamais…
- Je finis à 19 h.

C'est alors que les cloches de la cathédrale sonnèrent midi.

- Et à midi, je mange au PMU.

Elle sourit, mutine, et rajouta :
- Toute seule.
- Ah ?
- Vous mangez où, vous ? Chez votre oncle ?
- Manger ?
- Oui. Allez, je vous invite. Venez, vous me parlerez de votre thèse. Je suis sûre que cela va m'intéresser.
- Euh… Hé bien, c'est d'accord. Je vais mettre le cadeau dans ma voiture, je suis garé à côté sur le parvis. Je vous emmène…
- Au PMU ? Vous rigolez ! C'est en bas de la rue ! Allez ranger votre foie gras pendant que je ferme tout.

Paul sortit de la boutique. La jeune fille l'interpella une dernière fois.
- Vous ne m'avez pas dit votre prénom ?
- Paul.
- Moi, c'est Louisa !
- Louisa…

Paul ne put ajouter quelque chose et partit songeur vers son véhicule. Au loin, le carillon des Sœurs de la Providence sonna à son tour ses douze coups, avec cinq minutes de retard sur la cathédrale, comme d'habitude.

VII

Une forme de déception sentimentale

"Une pluie de satin un soir de pleine lune est le signe d'une passion torride"

Agnès de Luna, poétesse lectouroise du XVIe siècle après J.-C.

Paul quitta la rue Nationale pour emprunter les ruelles escarpées qui faisaient le charme de la marche dans la ville de Lectoure. Sans perdre de vue la prise de contact avec la délicieuse Louisa, réminiscence troublante, à une lettre près, du prénom de son amour de jeunesse, il avait décidé de faire les choses dans l'ordre, c'est-à-dire d'aller récupérer son sac de voyage dans sa voiture et d'aller le déposer immédiatement chez son oncle, qu'il était impatient de revoir. Il avait largement le temps avant que la jeune fille n'eût fermé sa boutique et se fût installée au PMU pour le déjeuner promis. Car c'était là l'un des merveilleux paradoxes de Lectoure : cette ville était minuscule et immense à la fois ; il était possible de la traverser en quelques minutes et pourtant une existence humaine ne suffisait pas à venir à bout de son charme. Cité étonnante et magique où le temps ne comptait pas. Espace particulier et étrange : Lectoure, la petite forteresse gasconne, s'apparentait par ses méandres et ses mystères aux plus grandes et étonnantes villes du monde.

Paul avait rangé le paquet cadeau dans son sac qu'il avait mis à l'épaule avant de refermer sa voiture et de déambuler avec un plaisir mêlé de nostalgie dans les rues qui allaient le conduire jusqu'à l'avenue de Saint-Louis. Il marchait assez lentement, en tout cas moins vite qu'à Toulouse où la vie se déroulait à un autre rythme qu'ici, et pensait à plusieurs choses à la fois, sans parvenir à définir exactement ce qu'il ressentait. C'était bizarre et compliqué à la fois ; la seule certitude, il était à Lectoure. Mais dans quel but, réellement ? Sa Thèse lui semblait presque un prétexte irréel ; il pensait à Louisa, puis à Louise, puis à son adolescence lorsqu'il venait à Lectoure, ensuite à son oncle ; comment allait-il l'accueillir ? Bien, sans aucun doute, mais qu'allaient-ils se dire ? Paul était agité par des sentiments curieux et contradictoires, surtout intemporels.
- Cela doit être normal que Lectoure me fasse cet effet, pensa l'étudiant toulousain.

Perdu dans ses pensées, il ne put évidemment remarquer qu'un volet au premier étage d'une maison à l'angle de la rue dans laquelle il était en train de progresser, s'était très légèrement entrebâillé à son passage. Juste pour laisser glisser un regard. Si Paul avait pu remarquer cet œil indiscret, il se serait certainement dit que ce genre d'attitude était fréquent dans les petites villes, observer le passant inconnu était une pratique courante et banale. Mais il aurait eu tort de se rassurer ainsi ; car le regard qui venait d'être porté sur lui était tout sauf anodin : c'était un regard de haine qui allait très rapidement avoir de lourdes conséquences, si lourdes que Paul, s'il l'avait su, aurait immédiatement quitté la ville. S'il avait su et s'il avait pu, par cette fuite immédiate, enrayer un engrenage fatal et mortel.

De toute façon, Paul n'avait rien remarqué et continuait à avancer paisiblement vers la maison de son oncle. Et il était bien trop tard pour faire marche arrière.

Paul arriva très facilement devant la maison de son oncle, qui se trouvait à peu près à mi-course de l'avenue de Saint-Louis, en fait l'une des deux artères principales en provenance de Fleurance qui grimpaient jusqu'au centre-ville de Lectoure. Il frappa à la porte grâce au lourd maillet métallique vissé dans le bois et dont il ne se rappelait pas du nom gascon ; presque aussitôt, comme s'il guettait sa venue, son oncle ouvrit l'un des deux battants et le fit entrer.

- Bienvenue à Lectoure, mon cher neveu, dit-il d'une voix chaleureuse marquée d'un fort accent gersois.

- Merci, mon oncle ! C'est vraiment sympathique de votre part de m'accueillir quelques jours le temps de mes recherches historiques.

- C'est cela, l'esprit de famille, rétorqua le Lectourois. Va poser tes affaires dans ta chambre, à gauche, au premier étage ; et puis, rejoins-moi dans la cuisine, tu dois avoir faim.

- Merci mais je dois repartir immédiatement. Je sais que ce n'est pas très poli de ma part, mais je suis attendu pour déjeuner en ville, une étudiante qui doit m'aider pour la réalisation de ma thèse.

Paul avait prononcé ces mots d'une voix neutre, pour qualifier ce rendez-vous d'obligation professionnelle, sans laisser transparaître l'émotion qu'il avait ressentie devant la jeune et avenante Louisa. Son oncle ne sembla pas prendre ombrage de ces retrouvailles écourtées avec son neveu et parut trouver tout à fait légitime qu'un jeune étudiant fut pressé d'aller rejoindre l'une de ses congénères.

Paul monta quatre à quatre les marches de l'escalier et entra dans la chambre que lui avait préparée son oncle. La pièce était agréable et fleurait bon la campagne gersoise, légèrement surannée mais confortable et calme, l'idéal pour se reposer et travailler pendant quelques jours à la rédaction de sa thèse. Car même s'il était émoustillé par la charmante Louisa, il n'oubliait pas qu'il était à Lectoure avant tout pour recueillir le maximum de documentation sur la cathédrale de Lectoure. Et, accessoirement, la fameuse 11e porte, dont il n'avait toujours pas la moindre idée sur ce qu'elle pouvait représenter.

- Peut-être que Louisa pourra m'éclairer sur ce sujet, pensa-t-il tout en déballant rapidement ses affaires.

Il redescendit au rez-de-chaussée de la maison et se dirigea vers la cuisine, chauffée par une immense cheminée ; son oncle était justement en train de rajouter quelques bûches bien sèches dans le foyer allumé.

- J'y vais ! Merci encore et à tout à l'heure, dit l'étudiant.
- Avec plaisir, mon petit Paul. Fais comme chez toi. De toute façon, je ne clave pas la porte

d'entrée, tu peux donc aller et venir comme tu veux, et rentrer à l'heure qui t'arrange. Profite bien de ton séjour à Lectoure !

Ravi de cette réception familiale agréable qui simplifiait énormément son installation provisoire à Lectoure, Paul marcha à grands pas vers le cœur de la ville pour se rendre au PMU où devait déjà l'attendre la jeune femme. Il connaissait bien ce café du centre, lieu de rassemblement des troisièmes mi-temps de rugby ; d'ailleurs, lorsqu'il pénétra quelques minutes plus tard dans l'estaminet, il reconnut quelques visages et salua même quelques personnes, qu'il avait déjà vues sur la pelouse ou dans les tribunes du stade de Lectoure. Par contre, après avoir jeté un coup d'œil circulaire sur l'ensemble des salles du café, il dut se rendre à l'évidence : Louisa n'était pas encore arrivée.

- C'est bizarre, elle a largement eu le temps de fermer sa boutique. J'espère qu'elle n'a pas changé d'avis, s'inquiéta-t-il.

Désemparé, il s'approcha du comptoir et commanda un demi, qu'il but tranquillement pour passer le temps ; pourtant, la dynamique Louisa demeurait invisible. Paul regardait régulièrement la porte d'entrée du PMU, espérant apercevoir la jeune femme mais les minutes s'écoulaient et il restait seul, devant son verre de plus en plus vide. Lorsqu'il n'eut plus une goutte de bière à mettre dans son gosier, il décida brusquement de retourner à la boutique.

- Elle a peut-être eu une visite impromptue de touristes ou alors une livraison qu'elle avait oubliée. Et comme je ne lui ai pas laissé mon numéro de téléphone portable, elle n'a pas pu me prévenir. De toute façon, je ne risque rien à retourner dans son magasin, elle avait l'air sincèrement motivé et intéressé par ma Thèse.

Et Paul se sentait tout autant motivé pour mieux connaître cette ravissante jeune femme qui avait d'emblée donné à son arrivée à Lectoure une dimension appréciable, voire séduisante.

Une centaine de mètres plus loin, Paul arriva devant le magasin de produits régionaux. Il remarqua immédiatement que la vitrine n'était plus éclairée, ce qui lui fit craindre immédiatement l'absence de Louisa, appelée sans doute ailleurs en urgence pour régler un problème imprévu.
- Bon, tant pis, je reviendrai la voir cet après-midi, pensa-t-il, très déçu par ce contretemps.

Par acquis de conscience, il poussa cependant la porte de la boutique ; à sa grande surprise, celle-ci s'ouvrit avec un très léger grincement. Étonné, il entra de quelques pas puis appela :
- Louisa ? Tu es là ?

Personne ne répondit. L'étudiant décida alors de s'avancer franchement à l'intérieur, mais il n'y avait personne dans les rayons ou derrière le comptoir.

- C'est quand même bizarre qu'elle ait laissé ouvert, sans surveillance ! Je sais que nous sommes à Lectoure mais enfin, vu les bons produits qui sont en vente ici…

Paul s'avança encore de quelques mètres, mais il ne voyait, ni n'entendait toujours personne. En revanche, il aperçut au fond, derrière le comptoir, une autre porte, celle de l'arrière-boutique.

- Peut-être qu'elle a eu un malaise ou un accident, je devrais aller voir ! se convainquit Paul qui n'arrivait pas à admettre ce rendez-vous manqué et cherchait une explication.

Bien lui en prit car effectivement cette nouvelle porte allait lui permettre de revoir Louisa. Cependant, contrairement à ce qu'il craignait, la jeune femme n'avait pas eu de malaise ou ne s'était pas assommée en rangeant quelques caisses de produits dans la réserve du magasin.

En fait, Paul allait découvrir une situation bien pire que celle qu'il avait imaginée : car Louisa était bien là, mais morte, pendue au bout d'une corde.

VIII

La première porte

" Le sexe et la mort - la porte de devant et la porte de derrière du monde. »

William Faulkner

Morte ? Paul, comme dans un rêve regardait le corps immobile, suspendu. Machinalement il toucha la main de la jeune femme. Elle était encore chaude. Et si elle vivait ? Alors, instinctivement, Paul saisit par le goulot une bouteille qui se trouvait près de lui sur une des étagères de la remise, la brisa d'un seul geste et, tandis que le vin rouge qu'elle contenait se répandait au sol sans bruit comme une large flaque de sang, il grimpa sur une caisse et entailla la corde à grands coups de tessons. De son bras gauche il avait enlacé la jeune fille, remontant ainsi son corps vers le plafond pour détendre un peu la corde et de son autre main « ragassait », comme on dit en Gascogne, chacune des fibres, jusqu'à ce qu'enfin, la dernière céda.

C'est alors que le poids soudain de Louisa l'emporta dans sa chute et qu'ils roulèrent tous deux sur le sol, dans un fracas de boîtes de conserves qui se trouvaient là.
- Qu'est-ce que vous foutez-là ?, proféra une voix aiguë.
- Je… Je…, balbutia Paul.

Dans l'encadrement de la porte se découpait la silhouette d'une vieille femme, qui tenait à la main une canne, dont l'étrange pommeau d'or brillait dans l'obscurité de l'arrière-boutique.

- Vous l'avez tuée ! ! ! Vous l'avez pendue !!!, hurla la vieille.
- Non, non ! C'est le contraire ! Je… Je l'ai trouvée comme ça. C'est moi qui l'ai sauvée. Elle est vivante. Regardez ! Elle ouvre les yeux !

En effet, la jeune fille semblait recouvrer ses sens. Peut-être l'odeur de vin de Bordeaux qui emplissait la pièce y était aussi pour quelque chose. Elle se frottait le cou et tenta de se lever avec difficulté.

Paul la saisit par dessous les épaules, la redressa et voulu sortir de la pièce.
- Poussez-vous, madame, il faut qu'elle sorte, qu'elle respire dehors.
- Jamais !, hurla encore une fois la vieille et levant sa canne, elle tenta de frapper Louisa.

Mais, dans son geste, elle dut faire un pas et mis le pied sur le goulot brisé de la bouteille qui se trouvait là, partit en arrière et s'effondra dans l'étagère.
Profitant de l'occasion que la voie était libre, Paul redressa tout à fait la jeune fille, l'entraîna au dehors et, toujours la soutenant par un bras, titubante, ils traversèrent la boutique pour se retrouver dehors. La rue était vide.
- Au secours !! A l'assassin !!!, continuait d'éructer la vieille derrière eux.

Alors, les deux jeunes gens tournèrent à droite et descendirent la rue Fontélie. L'air du dehors redonnait des couleurs au visage de Louisa qui, comme revigorée, lui lâcha le bras pour lui prendre la main et se mit à courir à ses côtés. Ils arrivaient au bas de la rue, quand ils entendirent derrière eux un volet s'ouvrir et le bruit de la chute de quelque chose de lourd sur le trottoir. Avant de disparaître dans le virage de gauche, Paul vit un énorme pot de fleur, brisé, sa terre et ses géraniums répandus. Il leva la tête, mais le volet s'était déjà refermé.

A présent ils couraient tous deux vers le bas de la rue, descendirent quatre à quatre les escaliers de « la Cerisaie » qui donnaient sur la fontaine et prirent à droite la rue Claude Ydron qui conduisait chez son oncle.

Arrivés au milieu de celle-ci, Louisa, qui n'avait pas lâché la main de Paul, le tira soudain vers le bas-côté.

- Viens ! Suis-moi ! Ici, on sera en sécurité !

Paul obéit et ils franchirent ensemble un grand portail rouillé, entrèrent dans une cour envahie d'herbes folles, d'arbres oubliés, puis elle passa le seuil de la vieille bâtisse qui se trouvait là et l'emmena dans un dédale de portes et de couloirs, d'escaliers, pour enfin se retrouver dans une sorte de cave sombre et humide, dont ils refermèrent derrière eux la porte en bois pourri.

Le lieu semblait abandonné depuis des lustres. Là, ils s'effondrèrent de conserve sur le sol, le front en sueur et l'haleine courte. Puis, tous deux arrêtèrent d'un seul coup leur respiration pour entendre tous les autres bruits, persuadés qu'on les poursuivait.

Après une minute de silence total, comme rassurés, ils relâchèrent leur diaphragme et, ensemble partirent d'un grand éclat de rire nerveux et se prirent dans les bras, chacun semblant protéger l'autre de sa propre peur. Puis, dans l'obscurité ils découvrirent leur regard brillant, tandis que leurs bouches se rapprochaient, se touchaient et dans un long baiser humide et chaude, avec un léger goût de fer contenant sans doute un peu de leur propre adrénaline, tout leur corps se détendit et leur cœur, enfin, s'apaisa.

C'est un bruit furtif près d'eux, qui les ramena à la réalité. Un chat gris cendré, poussiéreux, les regardait, comme étonné, sans doute dérangé dans cette demeure vide et abandonnée. Ses yeux étaient d'un bleu étrange et profond, comme certaines agates que jadis les enfants faisaient rouler dans les cours de récréation et que l'on appelait justement des « yeux de chat ».

Impérial, il resta là un moment à les fixer dans les ténèbres, puis il détourna la tête et s'approchant du mur qui faisait face aux deux jeunes gens, il sembla s'enfoncer dans la pierre du mur et disparut.

Paul, étonné demanda : « Mais… Mais, par où est-il passé ? »

- Tu sais, ici c'est un lieu un peu mystérieux. On venait y jouer quand j'étais petite avec mes deux cousins, mais on se dépêchait toujours de rentrer avant la nuit.
- Mais on est où ici ?
- C'est une ancienne tannerie royale, du 17ème ou 18ème siècle, je ne sais plus. Après c'est devenu un cinéma, puis une maison de retraite, mais ça fait un

bail que c'est abandonné et ouvert à tous vents. Il y a quelques squatters qui y passent, des curieux…
- Des amoureux, aussi.

En disant cela, Paul embrassa de nouveau la bouche de Louisa. Les cheveux sombres de la jeune fille étaient emplis d'une forte odeur qui l'enivra. Ils étaient encore tout empreints de sa transpiration et d'un parfum qui oscillait entre la violette et le benjoin. Leurs langues se mêlèrent longuement comme s'ils avaient voulu les échanger.

Louisa se retira la première et le regarda en souriant.

- Bon, alors, que s'est-il passé ? Qui t'as pend…

Paul ne put achever sa phrase car elle posa son index léger sur ses lèvres.
- Chut !
- Mais, Louisa… Je t'ai sauvé la vie ! Tu pourrais me répondre.

- Tout à l'heure, pas ici. Viens, on s'en va.

Elle se leva et se dirigeait déjà vers la sortie.
- Où ?
- Dehors.
- Et si « ils » nous attendaient, hein ? Tu y a pensé ?
- On ne va pas rester ici toute la vie, non ?
- Non, bien sûr…

Comme à regret, Paul se leva à son tour et prit la main qu'elle lui tendait. Elle tira la porte et s'engagea dans le couloir. Mais, le jeune étudiant la tira soudain en arrière.

- Attends ! Je veux savoir où est passé ce chat !

Paul lui lâcha la main et se dirigea vers le mur où l'animal avait disparu. C'est alors qu'il découvrit une petite porte, fendue dans le bas et par où s'était faufilé le chat. Le garçon saisit le loquet de fer rouillé, le fit jouer en appuyant de son pouce vers le bas et la porte s'ouvrit dans un affreux grincement.

- Louisa ! Viens voir !

La jeune fille rentra à nouveau dans la cave et s'approcha à son tour de ce qu'il avait découvert.

- Regarde, un couloir.
- Ce n'est pas un couloir, Paul, c'est un souterrain.
- Un souterrain ?
- Oui, Lectoure en est truffé ! Tu sais, autrefois les gens ici, quand ils étaient assiégés ils devaient quand même pouvoir s'échapper, alors ils en ont creusé un peu partout. On dit même qu'il y en aurait un qui conduirait jusqu'au village de Terraube, à 10 km d'ici.
- Un souterrain de 10 km ? Je savais qu'à la citadelle cathare de Monségur il y en avait d'aussi long, mais à Lectoure… Y a eu des Cathares ici ?
- Peut-être, je ne sais pas… Allez viens, sortons d'ici !
- Pourquoi ? On a découvert un souterrain, je veux savoir où il conduit.
- On n'y voit rien et on n'a pas de lampe !
- Si. J'en ai une petite à mon porte-clefs. Petite,

mais puissante et puis j'ai mon briquet, dit Paul avec un sourire.

Il tira ses clefs de la poche et alluma la lampe, qui éclaira le boyau de pierre.

- T'as vu, dit-il, on peut avancer encore. Allons jusqu'où on pourra et puis si jamais il n'y a pas d'issue, on fera demi-tour.

Il lui tendit la main, elle la prit et tous deux s'enfoncèrent dans le souterrain.

- Tu ne cherchais pas une porte ?, s'enquit Louisa.
- Oui, la 11ème.
- Eh bien, en voilà déjà une de trouvée.

Ils éclatèrent d'un rire commun, qui résonna sous la voûte fraîche.

IX

Une étoile est née

" La lumière de l'étoile qui te guide n'est peut-être que le reflet de ta mort "

Attribué, sans doute à tort, à St Gervais, l'un des évangélisateurs de Lectoure.

L'homme qui avait lancé un regard haineux sur Paul en train de passer dans la ruelle lectouroise, alors qu'il se rendait vers la maison de son oncle, avait tout juste refermé le volet que les cloches de la cathédrale se mirent à sonner, en un curieux et discordant synchronisme ; car tandis que l'église de la ville donnait l'heure aux Chrétiens, l'individu étrange derrière son volet se préparait à une tout autre activité, très éloignée des enseignements bibliques.

Il se dirigea tout d'abord vers son ordinateur et relut attentivement le second courrier électronique que lui avait envoyé le professeur d'université toulousain ; après l'avoir décrypté, il avait pu prendre connaissance d'une description physique de Paul ainsi que de l'annonce de sa venue à Lectoure, dans le cadre de son travail universitaire sur la cathédrale de Lectoure et la 11e porte.

Le premier message, très bref, et dont le texte se résumait à la phrase : « le blanc, le noir et le rouge vont à nouveau fusionner », avait joué son rôle d'avertissement ; le correspondant lectourois de l'organisation avait alors répondu en demandant des instructions qui, grâce à la rapidité de la communication par internet, étaient arrivées presque aussi rapidement que l'éclair. Il lui était demandé très explicitement de suivre les traces de l'étudiant, de le surveiller étroitement dans la progression de ses recherches sur la cathédrale de Lectoure et enfin, de le supprimer par tous moyens disponibles (et, bien entendu, discrets – afin d'éviter la curiosité légitime de la Gendarmerie, chargée de faire régner l'ordre républicain dans la bonne ville de Lectoure -) lorsqu'il arriverait au seuil de la troisième porte. Ni plus ni moins. Pas avant afin de pouvoir tester et mesurer la perspicacité du dispositif de protection mis en place par l'organisation, pas après car si la découverte des trois premières portes n'était pas dramatique, laisser un profane aller au-delà commençait véritablement à sentir le soufre.

Parfaitement convaincu de la légitimité de sa mission de surveillance puis d'anéantissement du jeune étudiant, l'homme referma son ordinateur avant de se rendre dans la cave de sa maison. Là, sans allumer la lumière électrique car celle du jour qui se faufilait par le soupirail suffisait pour ce qu'il avait à faire, il prit dans sa main gauche une pelle qu'il remplit de cendres trouvées dans l'âtre d'une immense cheminée qui ornait l'un des murs de la cave. Ensuite, lentement, précautionneusement, il traça sur le sol en terre battue une figure géométrique, en faisant tomber doucement, au fur et à mesure, la cendre de la pelle. Quelques minutes plus tard, la pénombre vaguement éclairée permettait néanmoins d'apercevoir une espèce d'étoile à cinq branches, un astre mort et horizontal de cendres grises et froides qui rayonnait pourtant d'une sorte de luminosité glacée.

Son œuvre picturale accomplie, l'homme appuya la pelle contre le mur puis se plaça exactement au centre de l'étoile morbide, en prenant soin de bien enjamber pour ne pas les disperser les cendres qui en dessinaient la forme. Alors il plaça ses mains devant ses yeux, comme pour s'aveugler lui-même, et prononça d'une voix rauque et forte un genre de formule incantatoire, dans une langue inconnue qui semblait venir du fonds des temps.

À peine eut-il prononcé le dernier mot de sa phrase magique qu'il disparut brutalement. Comme s'il était devenu soudainement invisible. Il s'était effacé dans un silence total, sans le moindre souffle de vent ou éclair de lumière, il avait simplement, totalement et brusquement quitté le centre de l'étoile morte. Ensuite, celle-ci, à son tour, s'effaça du sol, les cendres qui la représentaient se dispersèrent silencieusement, se confondant en quelques instants avec la terre battue. Toutes les traces de ce qui venait de se produire avaient mystérieusement et rapidement disparu, comme si cet événement surnaturel n'avait été que le fruit de l'imagination d'un hypothétique spectateur.

Sauf que ce qui était survenu dans cette cave était bien réel et que l'homme avait véritablement abandonné ainsi les lieux. Comme Paul, sa future victime, il avait franchi une porte sur l'autre monde. Mais visiblement, la façon dont il avait su dessiner cette étoile démontrait que lui ne s'était pas contenté de passer la première de ces portes.

Et si Paul avait pu savoir ce qui l'attendait, il aurait certainement rebroussé chemin, en hurlant de terreur. Car un être humain normalement constitué et rationnellement éduqué ne pouvait pas comprendre et supporter ce qui allait maintenant arriver.

X

Champs funèbres

« On croit que l'homme est libre… On ne voit pas la corde qui le rattache au puits, qui le rattache, comme un cordon ombilical, au ventre de la terre. »

Antoine de Saint-Exupéry

Pendant ce temps, Paul et Louisa continuaient de s'enfoncer sous la terre, sans savoir que leur destin se jouait à une centaine de mètres de là, entre le réel et le magique. Ils avançaient de plus en plus lentement, car le boyau n'était pas assez large pour y passer ensemble de front. Paul ouvrait la marche, conduit par la faible lueur de sa lampe de poche et de son autre main ne lâchait pas celle de Louisa.

- Tu as peur ?, souffla soudain celle-ci.
- Non… Pourquoi ?
- Ta main est moite.
- Il commence à faire chaud. Je transpire. Tu ne transpires pas toi ?
- Ça peut aller… Mais je ne sais pas si on a bien fait de s'enfoncer là-dedans… Et si tout s'écroulait d'un coup ? Tu y as pensé ?

- C'est toi qui as peur ! On va trouver la sortie, t'inquiètes !
- Qu'est-ce qui te fait croire ça ? Et puis personne ne sait où on est… On viendra jamais nous chercher ici !
- C'est toi qui a la main moite, oui ! On va sortir je te dis et dans pas longtemps.
- Tu as l'air sûr de toi… Tu connais les souterrains de Lectoure ?
- Non, mais si le chat est rentré, il a dû ressortir quelque part ! Alors nous aussi, on s'en sortira !
- Là où passent les chats, ne passent pas toujours les hommes, Paul ! Un trou leur suffit…
- Chut ! ! Tais-toi !!, intima Paul à voix basse, en éteignant d'un coup la lumière.

Il s'arrêta si soudainement, que dans l'obscurité, Louisa faisant un pas de trop, se cogna contre son dos. Ils restèrent ainsi arrêtés durant quelques minutes dans le silence le plus complet, retenant leur souffle. Leurs corps étaient si étroitement soudés l'un à l'autre, que Paul ressentait la respiration courte de la jeune fille, comme si elle avait été la sienne et dans sa poitrine, il lui semblait avoir deux cœurs qui y battaient en cadence. Il tendit son oreille comme jamais, tant qu'il eut l'impression de pouvoir entendre trotter une fourmi.

Au bout d'un instant, Louisa n'y tint plus et chuchota dans son cou :
- Alors… T'entends quoi ? Moi, j'entends rien…
- Non, j'ai cru entendre comme un frôlement, par là…

Et Paul ralluma sa torche miniature et projeta son faisceau vers la droite. Louisa poussa un hurlement de terreur.
- Quoi ?!! Qu'as-tu vu ?, hurla à son tour le jeune homme, contaminé par la soudaine panique de sa compagne.
- Des… Des yeux !!! Là !!

En effet, comme incrusté dans la pierre du souterrain, un regard vivant et inamical les scrutait.

- Ha ! Ha !, éclata de rire Paul, comme pour se soulager de la peur qui l'avait envahit lui aussi. C'est le chat !
- Le chat ?
- Oui, regarde, dit Paul en s'avançant vers l'animal, qui aussitôt referma ses paupières et détachant son pelage de couleur poussière, se glissa sans bruit le long de la paroi, passa devant eux et s'enfonça dans l'obscurité.

- Suivons-le, il va nous mener à la sortie, tu vas voir. Je n'aurai jamais cru que tu aurais peur d'un chat !, railla l'étudiant.
- Oh ça va ! ! Allez, avance ! On ne va pas rester ici cent sept ans ! J'en ai marre ! Et puis ça pue ici ! Si tu crois qu'il peut nous sortir d'ici, alors avançons !

Ils reprirent leur marche, quand, de nouveau, Paul s'arrêta.

- On est arrivé ?, dit la jeune fille comme pour se rassurer.
- Je crois ; écoute, t'entends de l'eau qui coule ?
- Ce sont peut-être des égouts ?…
- Non, c'est une flaque d'eau, on dirait.

En effet, devant eux s'étalait une large flaque liquide et noire, brillante comme un miroir dans la maigre lumière que la petite lampe projetait. La flaque était d'un rond parfait.

- Ça c'est un puits, dit Louisa.
- Un puits… Alors, on va pouvoir sortir.

Soudain, un miaulement grinçant se fit entendre. Paul braqua la lampe dans sa direction, révélant le chat, immobile, comme s'il les attendait.

- Le revoilà ton satané chat ! Sans lui, on respirait l'air pur depuis longtemps !

A peine la jeune fille eut-elle dit ça, que l'animal se précipita entre ses jambes et s'enfuit dans un autre long couloir, qui se trouvait sur leur droite et qu'ils n'avaient pas vu, puis il disparut, englouti par les ténèbres de ce nouveau souterrain. Paul voulut de nouveau le suivre, mais Louisa lui empoigna le bras.

- Ça suffit pour aujourd'hui ! On reviendra plus tard !
- Je me demande pourquoi il est venu jusqu'ici ?
- Là où il y a de l'eau, il y a des rats…
- Moi, je pense plutôt qu'il nous a conduit ici, comme volontairement.
 Peut-être… Ce qui est sûr, c'est qu'on va pouvoir sortir. Regarde, il y a des barreaux scellés dans la pierre.

La jeune fille monta la première, il la suivit. Arrivée en haut du conduit, elle poussa une planche de bois qui en fermait l'entrée et la fit basculer pour la rejeter vers l'extérieur. Aussitôt, la puissante lumière du jour s'engouffra dans le puits et faillit l'aveugler, tant que Louisa risqua de lâcher prise et de partir en arrière, entraînant son compagnon dans sa chute. Heureusement, celui-ci la repoussa vers l'avant d'un geste ferme. Alors, elle gravit les derniers barreaux et sortit à l'air libre.

- Mince ! ! On est chez les pompes funèbres !, s'étonna Louisa.
- Les pompes funèbres ? On n'est pas dehors ? s'enquit Paul, en sortant à son tour à mi-corps de la margelle et regardant autour de lui.
- Si, si. Mais on est chez Boulouzin, le gars qui tient le magasin funéraire de Lectoure. On est dans son champ.
- On est loin de la ville ?, s'inquiéta l'étudiant.

Mais en tournant la tête il eut la réponse, car il aperçut au nord l'immense silhouette de la cathédrale et la forme ramassée des toits de la cité et de l'autre côté, la campagne qui s'étendait au-delà du Gers et la ligne neigeuse des Pyrénées, rutilante dans le soleil.

- On est où exactement ?
- Derrière chez toi !
- Derrière chez moi ?
- Oui, tu vois la route en bas, c'est l'avenue de la ville de Saint-Louis.
- C'est chez mon oncle ! !

Ils descendirent le pré en courant, respirant enfin l'air vivifiant à pleins poumons et arrivèrent sur la route.

- C'est quel numéro chez ton oncle ?
- Le… Le 23.
- Alors c'est là, dit Louisa en montrant une longue bâtisse bordée d'arbres et aux portes peintes en bleu.
- Oui, c'est çà ! Viens, on va se rafraîchir un peu et peut-être que mon oncle pourra nous raconter quelque chose sur ces souterrains. Tu sais, d'après ma mère, il n'a jamais quitté Lectoure.
- Il doit connaître ma tante alors.

Arrivé à la porte de la maison, Paul fit retomber le marteau et attendit. Le vieil homme ouvrit et, nullement étonné, dit simplement :

- Ah ! C'est toi, Paul. Entre.
- C'est que, je ne suis pas seul, mon oncle. Je te présente Louisa.

L'oncle sortit la tête pour mieux voir la jeune fille, quand celle-ci poussa un cri, les yeux écarquillés d'horreur, comme si la Mort elle-même s'était dressée devant elle, puis elle s'évanouit.

XI

Qui est cette fille ?

" Mais cette fille miraculeuse était trop belle pour vivre longtemps. "

Charles Baudelaire

Paul eut tout juste le temps de tendre les bras pour éviter que Louisa ne s'effondra sur le sol et se fît du mal dans la chute consécutive à son évanouissement subit. Puis il porta la jeune fille toujours inconsciente jusqu'à la cuisine où il la déposa délicatement sur le fauteuil confortable qui trônait devant l'âtre. Pendant ce temps, son oncle avait attrapé un torchon propre, soigneusement rangé dans la vieille armoire gasconne qui décorait l'un des murs de la cuisine, puis avait humidifié le linge au robinet d'eau froide ; il le tendit ensuite à son neveu, qui le passa doucement sur le visage de Louisa pour l'aider à reprendre ses esprits.

Celle-ci ne tarda pas à rouvrir les yeux ; mais aussitôt, son regard redevint épouvanté lorsqu'elle vit à nouveau le visage de l'oncle de Paul, penché comme son neveu au-dessus d'elle avec le même air inquiet et bienveillant. Elle tendit ses mains devant elle comme pour se protéger :

- Paul... Paul ! Ne le laisse pas s'approcher de moi ! Fais attention !
- Mais, enfin, Louisa... C'est mon oncle ! Tu n'as pas à avoir peur de lui ! Nous sommes dans sa maison, tu ne risques rien !
- Mais si, mais si ! C'est lui qui... Tout à l'heure ! Dans mon magasin... C'est lui qui m'a pendue ! Il a essayé de me tuer ! Il va recommencer ! Protège-moi.

Paul jeta un coup d'œil interrogateur à son oncle, mais le paisible vieillard semblait tout autant estomaqué que son neveu face à ces accusations étonnantes ; imputations d'autant plus surprenantes qu'on imaginait mal le vieil homme, en raison de son grand âge, en train d'agresser une dynamique jeune femme pour lui passer une corde autour du cou. Paul dit d'une voix douce et apaisante :
- Calme-toi, Louisa ! Tu as le contrecoup de ce que tu viens de vivre. Ce que tu dis est impossible, ta mémoire visuelle te trompe. Mon oncle est le meilleur des hommes et il est inimaginable qu'il ait pu essayer de t'assassiner. Repose-toi et tu y verras plus clair, je te le promets.
- Paul a raison, ajouta son oncle d'une voix calme. Vous me confondez certainement avec quelqu'un d'autre, je suis bien incapable d'avoir fait ce dont

vous m'accusez ! Voulez-vous un verre d'eau fraiche ? Un café ? Un Armagnac ? Voulez-vous que j'appelle un Docteur? Le Maire de Lectoure est Médecin, justement, et je le connais bien.
- Oui, je sais, répondit Louisa d'une voix plus paisible. Je suis Lectouroise, moi aussi ! Mais inutile de le déranger, je me sens mieux. Excusez-moi pour ce malentendu, c'était tellement impressionnant que... je suis vraiment désolée.
- Ce n'est rien, rassura le vieux monsieur. L'essentiel est que vous ayez retrouvé une bonne mine.

Puis, se tournant vers son neveu, il ajouta :
- Mais tu pourrais peut-être m'expliquer un peu mieux ce qu'il vous est arrivé ? Une tentative de meurtre par pendaison à Lectoure, c'est vraiment extraordinaire ! La dernière mort violente dans notre ville doit remonter à l'assassinat du comte d'Armagnac par les sbires du roi de France, c'est te dire !
- Ecoute, je n'en sais pas beaucoup plus que toi, en fait. J'avais rendez-vous avec Louisa pour déjeuner, comme je t'avais dit tout à l'heure ; et je l'ai trouvée pendue dans l'arrière-boutique de son magasin !
- Oui, j'ai été agressée par un homme qui vous ressemblait un peu, compléta la jeune femme.

- Là, nous sommes partis dans un souterrain, reprit Paul, derrière un chat qui semblait nous indiquer le chemin, et puis, nous avons resurgi à l'air libre, tout près de ta maison ; et nous voilà !
- Et vous voilà... répéta l'oncle. Et c'est cela que vous appelez faire des études à l'Université ? Je pensais que c'était plus paisible !
- Attends, précisa Paul, c'est peut-être un malheureux hasard, ne faisons pas de relation abusive de cause à effet. C'est sans doute une tentative de cambriolage au magasin de Louisa qui a dégénéré, un sale type qui a voulu voler de l'argent ou de l'alcool et qui a réagi violemment lorsqu'il a vu qu'elle était encore là.
- Si on commence à pendre les commerçantes lectouroises comme des jambons dans les cuisines, où allons-nous ?!? S'exclama l'oncle. Tout ceci n'est pas normal, il faut que vous alliez dès cet après-midi déposer plainte à la Gendarmerie et que l'on mette rapidement la main sur le collet de l'individu dangereux qui s'amuse à terroriser les jeunes marchandes de la ville.
- Je vais le faire, promit la jeune femme. Il faut mettre ce genre de type hors d'état de nuire. Si Paul n'était pas arrivé à temps, je serai morte à l'heure qu'il est !
- Très bien ! Affirma l'oncle. Et bien, tout ceci n'est presque plus qu'un mauvais souvenir et je

suis heureux que le séjour de mon neveu dans notre belle ville de Lectoure reparte sur de bonnes bases.

- D'ailleurs, dit Paul, je pense qu'il serait judicieux de revenir sur nos fondamentaux, comme l'on dit au rugby. Est-ce que par hasard, tu aurais chez toi des livres, de la documentation sur la cathédrale de Lectoure ? Cela pourrait constituer un début utile pour mes recherches.

- Oui, je dois avoir quelques ouvrages dans ma bibliothèque, rédigés par des érudits locaux. Tu sais qu'à Lectoure, nous avons toujours eu la chance d'avoir de bonnes plumes. Allons les chercher tout de suite, si tu veux.

Ils se rendirent tous les trois dans le salon ; l'oncle ouvrit les trois portes de sa bibliothèque et commença à chercher les livres promis.

- Voilà, une excellente étude du XIXe siècle, un peu vieillie mais passionnante. Cette brochure, également, complète utilement ce premier ouvrage. Tu as aussi une remarquable analyse de Georges Courtès, le Président de la Société Archéologique et Historique du Gers, publiée il y a quelques années seulement. Voilà, je pense que tu as déjà largement de quoi faire, assura joyeusement l'oncle en tendant les trois ouvrages à son neveu.

- Merci beaucoup, répondit Paul.

L'étudiant commença à feuilleter les diverses publications et s'attarda sur les tables des matières. Au bout de quelques minutes, il dit :

- Oui, cela me semble assez complet ; mais il va falloir que je complète, ces monographies sont très bien faites mais je ne peux pas me contenter de les recopier pour ma Thèse universitaire.

- Tu peux aller voir le curé de Lectoure, peut-être qu'il a quelques éléments complémentaires. Il te recevra, même si notre famille n'est pas connue comme étant catholique pratiquante, au contraire ! dit en souriant l'oncle. Et puis, je peux te donner les coordonnées de quelques historiens lectourois, eux aussi t'aideront bien volontiers.

- Je te remercie. Par contre, j'ai lu attentivement les tables des ouvrages que tu me prêtes, je ne vois rien sur « la 11e porte ». Or, je dois absolument évoquer ce thème dans mon travail, mon Professeur l'a pratiquement mis sur le même plan que la cathédrale.

- La 11e porte ? A priori, cela ne me dit rien, rétorqua le vieil homme.

- A moi non plus, ajouta Louisa.

- Mais comment vais-je faire, alors ? répondit Paul, dépité.

- J'ai beau réfléchir, je ne vois pas, continua son oncle. La 11e porte de quoi ? La cathédrale n'a pas

autant d'ouvertures. La 11ᵉ porte, la 11ᵉ porte...
Vraiment, je ne sais pas à quoi cela correspond...

Il se rapprocha de sa bibliothèque et recommença à regarder les rayonnages comme si une intuition géniale pouvait survenir lors de la contemplation des livres sagement rangés. Tout à coup, il s'exclama :
- Attends, j'ai peut-être une idée !

Il tendit le bras et attrapa un vieux livre un peu poussiéreux, à la couverture en cuir noir ; il l'ouvrit précautionneusement puis dit :
- Voilà, c'est bien que je pensais. Il y a quelques années, j'avais acheté lors d'une foire aux livres à Lectoure cet exemplaire du *Livre M,* une sorte de manuel ésotérique et alchimiste, l'équivalent gascon du *Grand* et du *Petit Albert.* Non pas que je sois féru de sciences occultes, mais bon, ma curiosité intellectuelle m'a conduit à conserver cet ouvrage dans ma bibliothèque. Et il existe un chapitre qui évoque justement cette 11ᵉ porte ; je t'avoue que je ne me souviens plus du tout de quoi il est question, mais je pense que tu as là un fil à tirer.
- Mon oncle, tu es formidable ! Remercia chaleureusement Paul.

- Il est normal que je t'aide. Cela dit, c'est vraiment de l'ésotérisme incompréhensible à mon esprit ; je suis d'ailleurs un peu surpris que ce sujet soit évoqué dans un travail universitaire. Cela aura au moins le mérite d'être original.
- Je vais m'y employer et grâce à toi, je suis certain que ma Thèse sera non seulement novatrice et érudite, mais qu'elle apprendra à tous les étudiants toulousains la façon de faire tourner les tables les soirs de pleine lune ! plaisanta Paul en prenant le *Livre M* dans ses mains.

Son air joyeux prouvait sa satisfaction devant cette accélération bénéfique de sa recherche documentaire. Tout concentré qu'il était à découvrir les trésors livresques offerts par son oncle, il n'eut pas le temps d'observer le regard de Louisa, qui n'avait pas perdu une miette de leur conversation ; et contrairement aux siens, les yeux de Louisa n'exprimaient pas la jubilation ; l'étrange lueur apparue au fond des prunelles de la jeune femme trahissait plutôt un feu intérieur alimenté par une haine brutale et impitoyable.

XII

De l'Etoile au centre de la Terre

" L'homme est un fleuve, la femme est un lac"

Proverbe kurde.

- Ah ! Enfin vous voilà, Clouds ! Vous en avez mis du temps, pour être à l'heure ! Pourtant, tracer une étoile sur le sol et y entrer, n'est pourtant pas bien difficile ! Vous perdez la main mon ami !
- Ma pauvre Mézare, je me fais vieux et deux transportations dans une journée, c'est beaucoup à mon âge ! Je vous rappelle que j'étais encore à Toulouse, dans mon bureau de l'Université, il y a moins de vingt-quatre heures et que si vous m'avez demandé de venir, c'est pour vous aider car il semblerait que vous n'y arrivez pas sans moi ! Incapable de pendre une gamine convenablement !
- Du calme Clouds ! Nous avons besoin l'un de l'autre ! C'est vous qui avez réussi à imposer l'idée d'envoyer votre blanc-bec à la recherche de la « 11ème Porte », alors que le Conseil était encore très réservé sur ses capacités et que la candidature que j'offrais avait de nombreux avantages, sur la vôtre ! Il ne pouvait y avoir deux candidats pour une seule quête, vous le savez bien !

- Qu'importe ! Ce qui s'est passé est le Passé et nous devons faire à présent avec le Présent ! Souvenez-vous de la phrase de Ponce Pilate : « Ce qui est écrit est écrit ».
- Justement si nous sommes ici, ensemble, à dix pieds sous la ville de Lectoure, c'est parce qu'ils sont deux à courir maintenant…
- … Et surtout, Mézare, pour ce qu'ils vont lire là haut, chez l'oncle Pascal !
- Pas d'inquiétude, j'ai ma petite idée. Mais il faut avant tout les séparer car je dois récupérer la petite. Elle est promise au « Gisant », vous le savez. Le cadavre de Louisa doit le rejoindre, à la prochaine lune.

Cet échange étrange avait bien lieu à Lectoure, au bord d'un lac, mais d'un lac souterrain. Une immense réserve d'eau, protégée par une voûte, qui une dizaine de mètre au-dessus, n'était autre que la place du Bastion, avec ses marronniers centenaires, son kiosque et ses joueurs de boules. Nos deux personnages s'y trouvaient en cette après-midi d'été, semblant être venus là comme par magie. Ombres surgies soudain dans les ténèbres de la terre où seul le miroir profondément noir du gouffre immobile et sombre du lac, qui les nimbait pourtant de son étrange clarté, rappelait que l'eau restait synonyme de vie.

- Il n'y aura point de prochaine lune ! La lune restera cachée, ce soir là !!!

Cette injonction soudaine, dite d'une voix lente et profonde, était venue de la partie la plus sombre du lac et se répercuta sous la voûte. Les deux premiers personnages se figèrent, cherchant d'où venait cette voix. Ils virent alors, entrant dans la clarté sombre de l'eau, un petit homme vêtu de blanc, s'appuyant sur un bâton sans âge.

- V… Vous ??!! Cazaux ????!! s'étranglèrent Clouds et Mézare en même temps.
- Oui. C'est bien moi et bien vivant ! ricana le petit homme. Plus précisément « le Vieux Cazaux » ! Car vous le savez, je n'ai plus d'âge, si ce n'est celui de ce bâton qui toujours m'accompagne. Alors, chers adversaires, on se réunit sous la terre pour mieux détruire ce qui est au dessus ? On s'acoquine, comme les serpents se nouent, pour mieux faire le mal ? Mon pauvre Clouds, vous si intelligent, si savant, comment pouvez-vous vouloir donner la mort ? Et vous, Mézare, vous qui êtes mère d'un pompier et d'un docteur, comment pouvez vous aussi être là à ourdir le malheur, à le tisser comme une vieille Parques ?
- Nous obéissons aux forces de la Terre !, siffla la vieille.

- A d'autres, Mézare ! La Terre ne demande jamais la mort, car c'est elle qui, chaque jour, donne la vie !

- La terre tue et nous ensevelit, s'exclama le professeur.

- Non ! Elle nous garde, nous transforme et nous renvoie ensuite nourrir la Vie, qui continue à pousser sans cesse sur son corps ! Ce ne sont pas là les forces de la Terre que vous invoquez, mais celles des Ténèbres !!!

- Il n'en est point d'autres, Cazaux. Et elles sont liées au ventre de cette Terre. N'oubliez point les rites d'Eleusis et ceux des druides celtes, puis à leur suite ceux des premiers chrétiens. Tous les pratiquaient sous terre, dans une crypte, et l'origine de ce mot est bien celle du verbe « cacher » ! ironisa Mézare.

- Certes, reprit Cazaux impassible, les prêtres romains, eux aussi, venaient boire le sang de leur taureau sacrifié sur leurs tauroboles, dans un caveau situé en dessous de la pierre sacrificielle, mais des mycéniens aux chrétiens, tous servaient une force de lumière : Déméter – *la Mère des Moissons* - ; Bellenos – *le Très brillant* - ; Mithra – *le Soleil Invaincu* - ou encore Dieu, tout simplement. Pas vous ! C'est pour cela que je suis là et que je ferai tout pour vous empêcher d'atteindre, avant l'étudiant et la jeune fille, la 11ème Porte !!

- Ah, oui ? Et pourquoi donc ?
- Parce que j'en suis le Gardien, tout simplement.
- Absurde, trancha Mézare en crachant dans le lac. La 11ème Porte est chez moi, ici sous l'eau, et j'en suis la gardienne.
- Vous déraisonnez, vieille sorcière, s'écria Clouds, elle est chez-moi, ici sous la Terre et j'en suis le gardien.

Tout deux se mirent alors à vociférer, à s'insulter, chacun se réclamant seul gardien de la 11ème Porte. Lorsque soudain, ils prononcèrent en même temps la phrase suivante :
- Le Grand Conseil m'a dit que c'était moi !

Alors, le silence se fit d'un coup, pareil à un marteau qui cesserait soudain de frapper. Stupéfaits, le couple machiavélique se regarda, puis ils devinrent l'un et l'autre aussi pâle, que la colère les avait rendu cramoisi.
Le rire du « Vieux Cazaux » brisa cette torpeur.

- Ha ! Ha ! Le Grand Conseil a bien fait son travail ! Il vous a mis tout deux en compétition depuis le début ! Les jeunes gens là-haut devaient être vos champions, qui par leur victoire vous aurez conduit à plus de sagacité et de sagesse. Mais, votre soif de pouvoir et de vengeance entre

« Gens de Savoirs », vous a conduit à vous haïr et à vous combattre. Le Grand Conseil a été sage car il a ainsi révélé votre incompétence à cette tâche qu'il vous a donnée et par là, aux l'ensemble des pouvoirs que vous exercez. D'ailleurs, je suis ici pour vous les retirer.

Le vieillard leva son bâton et le plongea dans le lac en prononçant : « Colearates ! ».
Aussitôt le niveau monta d'un côté comme se déverserait une casserole, dans une longue coulée noire et froide, qui s'étendit jusqu'aux pieds de Mézare, l'entoura et dans un sec ressac l'entraîna vers le centre du lac, où elle disparu. L'eau lourde et sombre reprit sa place, immobile, comme éternelle.
Mais déjà le « Vieux Cazaux » avait de nouveau levé son bâton pour en frapper la terre, quand Clouds leva le bras.

- Attends ! Si la 11ème Porte n'est ni dans la Terre, ni dans l'Eau où se trouve-t-elle ?
- Dans l'Air !
- C'est… C'est impossible, balbutia encore Clouds.
- Rien n'est impossible à la Jeunesse et à l'Amour. Eux, ils la découvriront.

Ce furent les dernières paroles que Clouds put entendre, car le bâton avait déjà frappé la terre, précédé de la même incantation : « Colearates ! ». Il souleva une poussière si grande que, lorsque celle-ci retomba, le professeur avait lui aussi disparu. On le retrouvera à la rentrée scolaire enfermé dans la faculté, amnésique et errant sur les toits, où il fixait les nuages. Surpris par les secours, il glissa sur une tuile et vint s'écraser dans une cour en contrebas.

Quant à Mézare, le vendredi suivant, jour de marché, on signala la chute d'un corps sur le camion de « Margot Pizza », qui semblait être tomber du haut du clocher de la cathédrale. Certains témoins ont rapporté avoir vu, quelques instants, comme si le corps volait.

Le « Vieux Cazaux » caressa son bâton et pensa :
- Je me demande si Pascal a encore le Livre ?

Puis il disparut, comme il était venu, ni par le bas, ni par le haut.

XIII
La pièce est dans la pièce

Si vous aviez une entière confiance dans les livres, il vaudrait mieux ne pas avoir de livres du tout.

Meng-Tsen

- Comment peux-tu rire ? On a voulu me tuer, me prendre, m'assassiner, on m'a poursuivi et…tu ris !! Tu bouquines !!!, explosa Louisa.

D'un revers de main elle avait fait tomber le livre des mains de Paul, puis se redressant elle le poussa du pied dans un geste plein de rage.

- Allons, allons mon enfant, calmez-vous !, s'exclama paternellement l'oncle Pascal, qui se baissait pour ramasser le livre.

Âgé, il avait du mal à se baisser, aussi Paul plus jeune et plus prompt se précipitait-il déjà pour prendre l'ouvrage, quand Louisa poussa un cri :
- Non !! Ne le touche pas !! Ne touche pas ce livre !!!

Le cri fut si vif, si sincère que les deux hommes, ensemble, se redressèrent et reculèrent pour la regarder.

Elle pleurait. De grosses larmes silencieuses roulaient sur ses joues en feu. Ses cheveux, en désordre, lui donnait l'air d'une folle et sa bouche tremblait. Enfin, péniblement, elle articula :
- Ce livre est à moi.
- Comment ? s'inquiéta Pascal. Ce livre, je l'ai acheté…
- A mon père, qui l'avait volé à ma tante.
- Ce bouquin est à ta famille, t'es sûre que c'est le même ?
- Quand tu l'as ouvert pour le feuilleter, il est tombé ceci…

Louisa se baissa pour ramasser sous un fauteuil un petit bout de carton coloré, de forme biscornue.

- Une pièce de puzzle ?!, remarqua l'oncle Pascal qui s'était approché pour mieux voir.
- Et alors ? Quel rapport avec toi ?
- Tante Claire a le reste des pièces et avec celle-ci le puzzle sera complet.
- Eh bien, prends ta pièce, rentre chez ta tante et faites votre puzzle, mais laisse ce livre à mon oncle !, s'impatienta Paul.

En effet, il commençait à trouver l'attitude de la jeune fille sans commune mesure avec un événement aussi infime. Pleurer, frôler l'hystérie, s'évanouir parce que son oncle ressemble à l'ombre qui l'avait lynchée. Cette drôle de fille, certes courageuse et jolie, commençait à lui poser problèmes.

- Sans le livre, on ne peut pas reconstituer le puzzle, dit Louisa dans un souffle.
- Sans le *Livre M*, pas de puzzle ?, ricana Paul de plus en plus exaspéré.
- Et pourquoi ? Peux-tu nous l'expliquer ? insista Pascal en lui tendant un mouchoir en papier.

Louisa hésita. Elle prit le mouchoir, s'essuya les yeux, se moucha, puis remettant un peu d'ordre dans son allure et sa coiffure elle prit son inspiration et se redressa. Elle allait parler, mais elle s'arrêta. Elle regardait Paul. Il était courageux, beau garçon, intelligent et passionné, et surtout il lui avait sauvé la vie. Elle pensa qu'il était bien celui qu'elle attendait pour réussir sa mission, qui de toute manière ne pouvait être accomplie seule. Alors, Louisa dit :
- Ceci n'est pas le *Livre M*.
- Et quoi encore ? C'est écrit dessus ! Tu dérailles, Louisa !!
- Non, Paul. Ce n'est pas la lettre « M » qu'il y a sur ce livre, mais le nombre « 11 ». Regarde mieux.

Paul saisit le livre, s'approcha de son oncle qui l'examina avec lui et qui, le premier, déclara :

- Cette petite a raison, Paul ; je n'avais jamais vraiment fait attention. J'ai toujours pensé le « Livre M » comme « Livre Magique » quand je l'ai vu et ce qu'il contient m'avait autant convaincu. Pourtant c'est bien un « 11 » qu'il y a d'écrit !

- Tu as raison, elle a raison.

- Ce puzzle et ce livre sont indissociables l'un de l'autre, car ensemble ils conduisent à la 11ème Porte !

- La 11ème Porte ??, s'étonna Paul, incrédule. Mais alors tu…

- J'en sais bien plus que tu ne crois et certainement bien plus que toi, mais c'est tante Claire qui sait le reste.

- Attends, petite, l'interrompit l'oncle Pascal en lui prenant gentiment le bras, quand tu dis « tante Claire », tu veux sans doute parler de Claire Monclar ?

- Vous la connaissez ?

- Depuis la petite école… Mais après ce que tu viens de nous raconter, je m'aperçois encore à mon âge, qu'on ne connaît jamais personne, vraiment. Alors ainsi, Claire c'est ta tante ! Tu avais raison, car c'est bien René, son frère, qui me l'a vendu ce livre, au temps où il était forain.

- C'était mon père. Il a disparu. Bon alors, on va tous chez ma tante ? A quatre, avec le livre et le puzzle, on devrait arriver à la trouver cette $11^{\text{ème}}$ Porte, non ?

Elle sortit du salon, traversa la cuisine et l'entrée pour se retrouver dans le jardin, le livre sous le bras, la pièce de puzzle glissée dans son corsage. Paul la rejoignit, tandis que son oncle fermait la maison.

- Tu sais Louisa, tout à l'heure tu me faisais peur et maintenant tu me rassures.
- C'est parce que je suis une femme, tout simplement et que je te plais.
- Et moi, je te plais ?

Elle ne répondit pas, mais avança ses lèvres vers celle du jeune homme.

- Allons ! Allons, ne perdons pas de temps ! Moi cette $11^{\text{ème}}$ porte, ça me passionne !!!, clama l'oncle Pascal, qui se sentait prêt à toutes les aventures.

Les jeunes gens lui sourirent, puis Paul demanda :
- Elle habite où à Lectoure, ta tante Claire ?

C'est le vieux Pascal qui lui répondit dans un éclat de rire, suivit d'une grande tape dans le dos :
- Rue sainte-Claire, bien sûr !!!!

Tous trois éclatèrent de rire, tout en remontant allègrement le carrelot Merdous qui conduit au sommet de la ville.
En marchant joyeusement dans la vieille ruelle de la lumineuse cité gasconne, Paul comprit que toute cette histoire n'était qu'un leurre, un fantasme créé par son stress estudiantin. Et cette 11e porte était celle de son imagination fertile, tout simplement. Paul fut à la fois rassuré et déçu. Toute cette agitation cérébrale pour la simple et bonne raison qu'il avait confondu la lettre M et le chiffre 11.

- Il ne me reste plus qu'à me commander une bonne paire de lunettes en revenant à Toulouse, pensa Paul.

En attendant, il n'avait qu'à continuer sa promenade dans Lectoure, dont les pierres blanches riaient sous le soleil.

XIV
Le début de la fin

« Crois ce que tu vois, sinon la folie de Lectoure te détruira ».

Abelius le Grand, philosophe lectourois du XIIIe siècle.

Le visage de l'homme ne laissa apparaître aucune émotion alors qu'il pénétrait pourtant dans la plus secrète des cryptes de la cathédrale de Lectoure. Etait-on encore dans la cathédrale, d'ailleurs ? Les dessins bizarres qui décoraient les murs de la crypte et plus encore l'atmosphère étrange qui imprégnait ce lieu maléfique étaient à mille lieux de la sacralité un peu austère qui caractérisait la vieille église monumentale de la ville.

Cette fois-ci, l'homme ne dessina pas sur le sol une étoile de cendres. Il ferma les yeux puis commença à pousser un étrange cri rauque venu d'un autre âge ; il s'écroula ensuite par terre et se mit à trembler convulsivement, comme s'il était saisi de transes incontrôlables. Sa douleur semblait aussi réelle que brutale et inexpliquée et pourtant la scène n'avait rien d'humain.

Tout à coup, son corps tordu par la souffrance s'immobilisa et une voix retentit dans la crypte :

- Ecoute-moi, ceci n'est qu'un avertissement. Par ton incompétence, tu as laissé ces êtres humains frôler l'une de nos portes. J'ai dû intervenir pour protéger le *Livre M*. Que ceci ne se reproduise jamais. Sinon, le Mal que tu viens de ressentir ne sera rien par rapport à ce qui t'attend.

La voix se tut, un silence sépulcral revint envahir la crypte et la porte se referma, sur le secret le mieux gardé de Lectoure.

Quant à Paul, sera-t-il en mesure de résoudre le mystère… De la 11e porte ?

Fin de la première partie

Editeur :
Books on Demand GmbH,
12/14 rond point des Champs Elysées,
75008 Paris, France
Impression :
Books on Demand GmbH, Norderstedt,
Allemagne
Dépôt légal : octobre 2009
ISBN : 9782810615759

www.bod.fr

pierreleoutre.com

Pierre Léoutre
122 rue nationale 32700 Lectoure